ALICE DASSEL

Märcheninterpretation

zu »Die Bremer Stadtmusikanten«

(Grimm)

Alice Dassel

Märcheninterpretation

zu »Die Bremer Stadtmusikanten«
(Grimm)

Books on Demand

Copyright © 2012 bei Alice Dassel
Alle Rechte vorbehalten
Herstellung und Verlag: Books on Demand GmbH, Norderstedt
Gesetzt aus der Helvetica
Umschlaggestaltung: © Eckart Sprotte
Tierillustrationen im Buch: © Barbara Schwartz
Printed in Germany

ISBN 978-3-8448-2272-4

Inhaltsverzeichnis

Die Bremer Stadtmusikanten

Es hatte ein Mann einen Esel, der schon lange Jahre die Säcke unverdrossen zur Mühle getragen hatte, dessen Kräfte aber nun zu Ende gingen, so daß er zur Arbeit immer untauglicher ward. Da dachte der Herr daran, ihn aus dem Futter zu schaffen,

5 *aber der Esel merkte, daß kein guter Wind wehte, lief fort und machte sich auf den Weg nach Bremen: dort, meinte er, könnte er ja Stadtmusikant werden.*

Als er ein Weilchen fortgegangen war, fand er einen Jagdhund auf dem Wege liegen, der jappte wie einer, der sich müde gelau-

10 *fen hat.*

»Nun, was jappst du so, Packan?« fragte der Esel. – »Ach«, sagte der Hund, »weil ich alt bin und jeden Tag schwächer werde, auch auf der Jagd nicht mehr fort kann, hat mich mein Herr wollen totschlagen, da hab' ich Reißaus genommen; aber womit

15 *soll ich nun mein Brot verdienen?« – »Weißt du was?« sprach der Esel, »ich gehe nach Bremen und werde dort Stadtmusikant, geh mit und laß dich auch bei der Musik annehmen. Ich spiele die Laute, und du schlägst die Pauken.«*

Es dauerte nicht lange, so saß da eine Katze an dem Weg und

20 *machte ein Gesicht wie drei Tage Regenwetter. »Nun, was ist dir in die Quere gekommen, alter Bartputzer?« sprach der Esel. – »Wer kann da lustig sein, wenn's einem an den Kragen geht«, antwortete die Katze, »weil ich nun zu Jahren komme, meine Zähne stumpf werden, und ich lieber hinter dem Ofen sitze*

25 *und spinne, als nach Mäusen herumjage, hat mich meine Frau ersäufen wollen; ich habe mich zwar noch fortgemacht, aber nun ist guter Rat teuer: wo soll ich hin?« – »Geh mit uns nach Bremen, du verstehst dich doch auf die Nachtmusik, da kannst*

du ein Stadtmusikant werden.« Die Katze hielt das für gut und

30 *ging mit.*

Darauf kamen die drei Landesflüchtigen an einem Hof vorbei; da saß auf dem Tor der Haushahn und schrie aus Leibeskräften. »Du schreist einem durch Mark und Bein«, sprach der Esel, »was hast du vor?« – »Da hab' ich gut Wetter prophezeit«, sprach

35 *der Hahn, »weil unserer lieben Frau[en] Tag ist, wo sie dem Christkindlein die Hemdchen gewaschen hat und sie trocknen will; aber weil morgen zum Sonntag Gäste kommen, so hat die Hausfrau doch kein Erbarmen und hat der Köchin gesagt, sie wollte mich morgen in der Suppe essen, und da soll ich mir heut'*

40 *Abend den Kopf abschneiden lassen. Nun schrei' ich aus vollem Hals, solang ich noch kann.« – »Ei was, du Rotkopf«, sagte der Esel, »zieh lieber mit uns fort, wir gehen nach Bremen, etwas Besseres als den Tod findest du überall; du hast eine gute Stimme und wenn wir zusammen musizieren, so muß es eine Art haben.«*

45 *Der Hahn ließ sich den Vorschlag gefallen, und sie gingen alle viere zusammen fort. –*

Sie konnten aber die Stadt Bremen in einem Tag nicht erreichen und kamen abends in einen Wald, wo sie übernachten wollten. Der Esel und der Hund legten sich unter einen großen Baum,

50 *die Katze und der Hahn machten sich in die Äste, der Hahn aber flog bis in die Spitze, wo es am sichersten für ihn war. Ehe er einschlief, sah er sich noch einmal nach allen vier Winden um; da deuchte ihm, er sähe in der Ferne ein Fünkchen brennen, und rief seinen Gesellen zu, es müßte gar nicht weit ein Haus sein; denn*

55 *es scheine ein Licht. Sprach der Esel: »so müssen wir uns aufma- chen und noch hingehen; denn hier ist die Herberge schlecht.« Der Hund meinte, ein paar Knochen und etwas Fleisch dran täten ihm auch gut. Also machten sie sich auf den Weg nach der Gegend, wo das Licht war, und sahen es bald heller schim-*

60 *mern, und es ward immer größer, bis sie vor ein hell erleuchtetes Räuberhaus kamen. Der Esel, als der größte, näherte sich dem Fenster und schaute hinein. »Was siehst du, Grauschimmel?«*

fragte der Hahn. »Was ich sehe?« antwortete der Esel, »einen
gedeckten Tisch mit schönem Essen und Trinken, und Räuber
65 sitzen daran und lassen's sich wohl sein.« – »Das wäre was für
uns«, sprach der Hahn. »Ja, ja, ach, wären wir da!« sagte der
Esel. Da ratschlagten die Tiere, wie sie es anfangen müßten, um
die Räuber hinaus zu jagen, und fanden endlich ein Mittel. Der
Esel mußte sich mit den Vorderfüßen auf das Fenster stellen, der
70 Hund auf des Esels Rücken springen, die Katze auf den Hund
klettern, und endlich flog der Hahn hinauf und setzte sich der
Katze auf den Kopf. Wie das geschehen war, fingen sie auf ein
Zeichen insgesamt an, ihre Musik zu machen: der Esel schrie,
der Hund bellte, die Katze miaute, und der Hahn krähte; dann
75 stürzten sie durch das Fenster in die Stube hinein, daß die Scheiben klirrten. Die Räuber fuhren bei dem entsetzlichen Geschrei
in die Höhe, meinten nicht anders, als ein Gespenst käme herein,
und flohen in größter Furcht in den Wald hinaus. Nun setzten
sich die vier Gesellen an den Tisch, nahmen mit dem vorlieb,
80 was übrig geblieben war, und aßen, als wenn sie vier Wochen
hungern sollten.
Wie die vier Spielleute fertig waren, löschten sie das Licht aus
und suchten sich eine Schlafstätte, jeder nach seiner Natur und
Bequemlichkeit. Der Esel legte sich auf den Mist, der Hund
85 hinter die Türe, die Katze auf den Herd bei die warme Asche,
und der Hahn setzte sich auf den Hahnenbalken: und weil sie
müde waren von ihrem langen Weg, schliefen sie auch bald
ein. Als Mitternacht vorbei war, und die Räuber von weitem
sahen, daß kein Licht mehr im Haus brannte, auch alles ruhig
90 schien, sprach der Hauptmann: »wir hätten uns doch nicht sollen
ins Bockshorn jagen lassen«, und hieß einen hingehen und das
Haus untersuchen. Der Abgeschickte fand alles still, ging in die
Küche, ein Licht anzuzünden, und weil er die glühenden, feurigen Augen der Katze für lebendige Kohlen ansah, hielt er ein
95 Schwefelhölzchen daran, daß es Feuer fangen sollte. Aber die
Katze verstand keinen Spaß, sprang ihm ins Gesicht, spie und

kratzte. Da erschrak er gewaltig, lief und wollte zur Hintertüre hinaus, aber der Hund, der da lag, sprang auf und biß ihn ins Bein: und als er über den Hof an dem Mist vorbei rannte, gab
100 *ihm der Esel noch einen tüchtigen Schlag mit dem Hinterfuß; der Hahn aber, der vom Lärmen aus dem Schlaf geweckt und munter geworden war, rief vom Balken herab: »kikeriki!« Da lief der Räuber, was er konnte, zu seinem Hauptmann zurück und sprach: »ach, in dem Haus sitzt eine greuliche Hexe, die hat*
105 *mich angehaucht und mit ihren langen Fingern mir das Gesicht zerkratzt: und vor der Türe steht ein Mann mit einem Messer, der hat mich ins Bein gestochen: und auf dem Hof liegt ein schwarzes Ungetüm, das hat mit einer Holzkeule auf mich losgeschlagen: und oben auf dem Dache, da sitzt der Richter, der rief: »bringt*
110 *mir den Schelm her!« Da machte ich, daß ich fortkam.« Von nun an getrauten sich die Räuber nicht weiter in das Haus, den vier Bremer Musikanten*
gefiel's aber so wohl darin, daß sie nicht wieder heraus wollten. Und der das zuletzt erzählt hat, dem ist der Mund noch
115 *warm.*

Zur Entstehung der »Bremer Stadtmusikanten«

Seit es die zweite Auflage der Kinder- und Hausmärchen der Gebrüder Grimm gibt, nämlich seit 1819, sind »Die Bremer Stadtmusikanten« Bestandteil dieser Ausgabe. Der Text setzt sich aus zwei Erzählungen zusammen, die die Grimms »aus dem Paderbörnischen« erhielten, und zwar von der westfälischen Adelsfamilie von Haxthausen in Bökendorf[1].

Dieses Märchen ist das einzige, das August Freiherr von Haxthausen seiner eigenen Erinnerung zuschrieb. Von 1819 bis zum Erscheinen der Ausgabe letzter Hand 1857 hat das Märchen nur geringfügige Änderungen erfahren, um dem Text noch mehr Anschaulichkeit zu verleihen und die Sprache flüssiger zu gestalten. Inhaltlich sind kaum noch Änderungen vorgenommen worden.

Es gibt ein paar literarische Vorläufer zu diesem Märchen, wie zum Beispiel eine Fabel in lateinischer Sprache, »Ysengrimus« (um 1148) des Nivardus von Gent[1]. Auch der Nürnberger Poet Hans Sachs kannte den Stoff, aus dem er 1551 sein Meisterlied »Der Kecklein« reimte. Der Dichter Georg Rollenhagen in Magdeburg nutzte den Stoff von »Der Ochs und der Esel stürmen mit ihrer Gesellschaft ein Waldhaus« später für sein didaktisches Versepos »Froschmeuseler« 1571, erstmals gedruckt 1595.

Bereits in der mittelalterlichen Schwankmotivik spielten musizierende Tiere eine Rolle, während die zum Symbol gewordene Tierpyramide erst seit der Grimmschen Märchenfassung bekannt ist. Durch Ludwig Bechsteins Märchen mit dem Titel »Undank ist

---

1 »Grimm's Märchen International«, Schöning Verlag, Bd. 2, Paderborn 1996, Seite 44-45

der Welt Lohn«, das 1856 im »Neuen deutschen Märchenbuch«[2] erschienen ist, erlangten auch »Die Bremer Stadtmusikanten« einen größeren Bekanntheitsgrad.

2 »Märchen von Ludwig Bechstein«, Belz & Goldberg Verlag, Weinheim u. Basel, 4. Aufl. 1994

Vorwort

Die Autorin Velma Wallis schildert in ihrem Buch »Zwei alte Frauen«[3], wie in einem sehr kalten Winter im Norden Alaskas ein Nomadenstamm der Athabasken von einer lebensbedrohlichen Hungersnot heimgesucht wird. So beschließt der Häuptling, wie es ein Stammesgesetz vorsieht, zwei alte Frauen im Winterlager zurückzulassen, weil sie als unnötige Esser die Gruppe belasten. Niemand vom Stamm wagt, etwas dagegen einzuwenden, nicht einmal die Tochter der einen alten Frau. So bleiben die beiden Alten im Winterlager zurück, während die übrigen Stammesmitglieder weiterziehen.

Die beiden alten, gebrechlichen Frauen sind sich nun ganz und gar selbst überlassen. Aber statt sich einfach ihrem Schicksal zu ergeben, beraten sie sich über ihre Situation, sammeln alle verbliebenen Kräfte zusammen, entwickeln einen ungeheuren Mut und Lebenswillen, um den widrigen Herausforderungen zu trotzen. Es wird ein Kampf ums Überleben, den sie schließlich gewinnen. Da ließe sich das Zitat des Esels nennen: »... etwas Besseres als den Tod findest du überall«. Was einen an dieser Geschichte in besonderem Maß anspricht, ist vergleichbar mit dem, was wir in dem Grimmschen Märchen »Die Bremer Stadtmusikanten« erleben. In beiden Fällen geht es um eine ganz extreme Lebenssituation. In »Zwei alte Frauen« versuchen die beiden ihre letzten Kräfte zu mobilisieren, um sich zu zweit durchzuschlagen. Sie besinnen sich auf alle möglichen Fähigkeiten und Techniken, um zu jagen, sich Nahrung zu beschaffen und eine Hütte zu bauen, damit sie in der Eiseskälte überleben können. Im anderen Beispiel sind es Tiere,

---

3 Velma Wallis »Zwei alte Frauen«, Heyne Verlag, München 1999

13

die zu »Todeskandidaten« werden, weil man sich ihrer entledigen will. Da hilft es ebenfalls nur, alles Wissen und Können zu reaktivieren und gute Ideen zu entwickeln, um sich das Leben bewahren zu können. Menschen wie Tiere geraten in eine Grenzsituation, die sie jedoch bewältigen »wollen«. Natürlich benötigen sie alle auch Glück. Man sagt jedoch, wer die Schwierigkeiten mutig in Angriff nimmt, dem geselle sich das Glück hinzu.

Es ist wichtig, positive Beispiele dafür zu finden, dass Menschen wie Tiere – letztere stehen hier als Repräsentanten für den Menschen – eine so extreme Situation meistern. Dies ermutigt, vermittelt neue Hoffnung und bietet eine wichtige Orientierung für alle diejenigen, die sich in einer verzweifelten, scheinbar hoffnungslosen Lage befinden, wohl wissend, dass nicht jeder den Weg aus der Grenzsituation herausfindet. Den Versuch sollte man jedoch wagen.

1. Tiere als Mächenhelden

Märchenhandlungen werden von einer Vielzahl von Figuren bestimmt. Darunter befinden sich solche, die keine menschliche Gestalt haben, wie zum Beipiel Drachen oder Dämonen, und solche, die ihre menschliche Gestalt wechseln können, wie zum Beipiel Hexen und Zauberer, wenn sie sich vorübergehend in Tiere verwandeln.

Riesen, Zwerge bzw. Gnomen haben zwar menschliche Züge, sind aber im Verhältnis zum Menschen extrem groß bzw. extrem klein. Am häufigsten kommen wohl diejenigen Handlungsträger vor, die eine menschliche Gestalt aufweisen. Wenn sie dazu ausersehen sind, einen sehr schwierigen Entwicklungsprozess zu bestehen, mit vielen Widrigkeiten zu kämpfen haben, bis sie ihr Lebensziel erreicht haben, dann bezeichnet man sie als »Heldin« oder »Helden«.

Gar nicht so selten bekommen im Märchen menschliche Eltern ein Tier als Kind, wie zum Beipiel in »Hans mein Igel« oder »Das Eselein«. Auch diese »Tiergestaltigen« müssen dann einen langwierigen Lernprozess durchmachen, bis sie schließlich von ihrer Tiergestalt »erlöst« werden und eine menschliche Gestalt annehmen.

Ähnlich verhält es sich zum Beipiel im »Froschkönig«. Der Frosch hat von Anfang an eine Tiergestalt, die er solange beibehalten muss, bis ihn die Prinzessin voller Zorn gegen eine Wand knallt, nachdem er unablässig seine Wunschvorstellungen umgesetzt wissen wollte. Gerade durch den Wutausbruch wird der Frosch aus seiner Verzauberung erlöst und darf als Prinz weiterleben. Im Märchen »Brüderchen und Schwesterchen« hat Brüderchen zunächst eine menschliche Gestalt, trinkt jedoch aus einer verzauberten Quelle, so dass es als Reh weiterleben muss, bis es am Ende des Märchens die Gestalt als Bruder zurückbekommt. Diese Beispiele zeigen, dass es sich bei den Tiergestaltigen, die zum Handlungsträger werden, meistens um verzauberte Menschen handelt. Dies hängt damit zusammen, dass sie eine Regression erfahren, die besagt, dass sie einen Rückschritt auf vorangegangene Entwicklungsstufen erleben. Oder es kommt zu einer Introversion, einer Einkehr nach innen. So lassen sich Kräfte sammeln, die den nächsten Entwicklungsschritt überhaupt erst ermöglichen. Erst danach sind sie in der Lage, als gereifte, menschliche Figuren weiterzuleben.

In dem vorliegenden Märchen sind nun *Tiere* die wesentlichen Handlungsträger, die nicht etwa durch ihren Entwicklungsprozess von ihrer Tierhaftigkeit »erlöst« werden, sondern die das bleiben, was sie von Anfang an sind, nämlich Esel, Hund, Katze und Hahn. In diesem Aspekt unterscheidet sich das Märchen von vielen anderen. Allerdings wird die dramatische Märchenhandlung von menschlichen Figuren *ausgelöst*, indem die Tierhalter ihre Haustiere töten wollen. Für die dramatische Zuspitzung des Geschehens sorgen ebenfalls menschliche Gestalten, nämlich die Räuber, mit denen sich die Tiere kämpfend auseinandersetzen. Indem die Tiere sich gegenüber ihren Gegenspielern behaupten müssen, entwickeln sie sich zu »Tierhelden«.

Dennoch könnte man die Tiere auch als Repräsentanten von Menschen verstehen, weil sich der Leser bzw. Hörer des Märchens leicht mit ihnen identifiziert. Vor allem ihre Fähigkeit zu sprechen, zu planen und zu organisieren, rückt sie in die Nähe des Menschseins. Sie schließen Freundschaft untereinander und verbünden sich gegen ihre menschlichen Feinde. Sie kooperieren miteinander, halten als Gruppe zusammen, bleiben aber kreatürliche Wesen. Wer den Titel des Märchens liest oder hört und den Inhalt noch nicht kennt, wird davon ausgehen, dass das Märchen von menschlichen Gestalten erzählt. Man stellt sich eine Musikantengruppe von drei oder vier Figuren vor, die im Terzett oder im Quartett aufspielen, um die Stadtbewohner von Bremen musikalisch zu unterhalten und damit Geld zu verdienen. Dass es sich bei diesen Märchenhelden um Tiere handelt, würde man nicht erwarten. Insofern löst die Überschrift falsche Vorstellungen aus, bestätigt aber die Nähe der Tiere zum menschlichen Verhalten. Die dramatische Handlung setzt in dem Augenblick ein, als die jeweiligen Tierhalter ihre Haustiere – noch bevor ihre Lebensuhr auf natürliche Weise abgelaufen ist – töten wollen. Dies ist die größte Herausforderung im Leben, die man sich vorstellen kann, und der sich die vier Tiere nicht einfach ergeben wollen. Als erstes Tier erfasst der Esel die Situation und wehrt sich gegen sein Schicksal, indem er sich Verbündete sucht und findet, denen ebenfalls der Tod angedroht wurde. Sie bilden zusammen eine Viererschaft. Allerdings muss man einräumen, dass diese vier Tiere nicht gerade das Ideal von Helden verkörpern, das wir normalerweise haben.

Ein »Held« sollte kraftvoll, jung, strahlend und voller Risikobereitschaft sein. Im Vertrauen auf den Erfolg muss er sich mutig für sein Ziel und den Sieg einsetzen. Vorübergehend auftauchende Ängste muss er beherrschen können. Wir erwarten von ihm Durchhaltevermögen, Selbstsicherheit und Charisma. Notfalls gestehen wir ihm zu, dass er auch einmal von einer List Gebrauch macht, wie wir es zum Beispiel vom tapferen Schneiderlein her kennen. Aber eigentlich ist uns ein Held lieber, der nicht unbedingt auf List und Tücke angewiesen ist, um sein Ziel zu erreichen, weil er unser »Heldenideal« besser verkörpert.

So besteht ein großer Widerspruch darin, wie wir uns einen »Helden« vorstellen und in welchem Zustand sich unsere »Tierhelden« befinden. Diese sind allesamt von einem arbeitsreichen Leben gekennzeichnet, sie sind alt und ausgebrannt. Wie sollen ausgerechnet Tiere, die von ihren Haltern als »unbrauchbar« und »leistungsschwach« eingestuft werden, ihr Heldentum erlangen?

Ein Esel, dem die Kraft zum Säcke tragen fehlt, ein Jagdhund, dem beim schnellen Laufen die Luft wegbleibt, eine Katze, der das Mäusefangen Mühe bereitet, und ein Hahn, der sich die Kehle aus dem Hals schreit, das sollen »Helden« sein? Wirken sie nicht eher lächerlich, so kaputt, schwach und verzweifelt, wie sie sind?

Wenn in einem Märchen ausgerechnet altersschwache Tiere die Rolle der Helden übernehmen sollen, dann steckt noch etwas anderes dahinter, denn normalerweise werden Tiere keinem bestimmten Alter zugeordnet. Sie sind, wie sie sind. Wenn in diesem Märchen so sehr auf das Altsein hingewiesen wird, dann muss man sich fragen, warum diese Tatsache so wichtig ist. Denn es geht bei Märchenfiguren immer um ihre symbolische Bedeutung. Was ist in ihrem Leben so schlecht oder so falsch gelaufen, dass sie so gealtert sind? Was hat sie möglicherweise vorzeitig altern lassen?

Alt macht vor allem, wenn sie nicht entsprechend ihren Bedürfnissen leben dürfen, wenn sie zum Beispiel gegen ihre Natur und gegen ihr eigenes Wesen ankämpfen müssen. Das heißt, wenn sie »fremdbestimmt« werden, ihre Willenskraft geschwächt wird und sie sich nicht mehr im Einklang mit sich selbst befinden. Wenn also zu viele Stressfaktoren aus dem Umfeld auf sie einwirken, die sich nicht mehr kompensieren lassen, altern sie vorzeitig. Denn sie verbrauchen über das normale Maß Energie und Vitalkraft. Alle Lebensfreude ist unterdrückt. Dies alles führt dazu, dass das biologische Lebensalter mit den gezählten Jahren nicht übereinstimmt. Wenn die Energien blockiert sind, fließen sie nicht mehr. Dann stagnieren der Lebensfluss und die Fähigkeit, Veränderungen anzunehmen und sie als positive Herausforderungen zu verstehen. Diese Erscheinungen kennzeichnen die Alterungsprozesse. Sie gelten für Mensch und Tier gleichermaßen.

Die Tiere standen im Dienst des Menschen. Sie konnten nicht frei entscheiden, ob sie zum Beipiel länger auf der Weide bleiben oder in aller Herrgottsfrühe mit zur Jagd gehen oder ob sie die Hühnerschar sich selbst überlassen wollten. Ihr Leben verlief kanalisiert, als ob ihnen ein fremdes Korsett übergestülpt worden wäre. Eine Befreiung von dieser Fremdbestimmung erschien ihnen lange Zeit nicht möglich.

Es sind zwar – oberflächlich betrachtet – die Tierhalter, die als die »Bösen« einzustufen wären, weil sie ihre Haustiere umbringen wollen, aber auf einer anderen Ebene geht es um die Verwirklichung ihrer eigentlichen tierischen Existenz, für die sie sich mit ganzer Kraft einsetzen müssen. Ohne eigene Kraftanstrengung und eigene Ideen lässt sich das Leben nicht erhalten und der Tod nicht überwinden. Der besondere Reiz des Märchens liegt darin, wie es ihnen gelingt, aus der Schwäche des Alters, ihrer Gebrechlichkeit und Depression (Katze: Gesicht wie drei Tage Regenwetter) hin zu neuer Aktivität zu finden und wie sich aus dem »Tierrentner-Team« wehrhafte Helden entwickeln, die sich nicht unterkriegen lassen und sich die eigenen Lebensinteressen mutig erstreiten. Erst als die Tiere aus der Angepasstheit an ihre Tierhalter ausbrechen und sich auf die eigenen Bedürfnisse besinnen, fließt ihnen schon wieder etwas Energie zu und ihr Lebenswille erstarkt.

Mancher Leser/Hörer des Märchens reagiert mit Vergnügen darauf, wie sich diese Wandlung vollzieht, und freut sich über die Hoffnung und Zuversicht, die von diesem Prozess ausgeht. Gerade weil man so alten, ausgebrannten Tierhelden dergleichen nicht zugetraut hätte, überrascht es umso mehr, zu welcher Aktivität und Lebendigkeit sie gelangen. Alle vier Tiere repräsentieren ein Grundvertrauen ins Leben, das einem wohl tut.

Warum bleiben nun diese Tiere für den gesamten Verlauf des Geschehens tierische Wesen?

Zum einen verhält es sich so, dass der Mensch zum Tier eine größere Distanz hat als zur eigenen Gattung. Er müsste sich nicht mit den Tierhelden identifizieren, tut es aber dennoch. Tieren werden möglicherweise mehr Freiräume zugestanden, weil sie außerhalb von moralischen und ethischen Beurteilungen stehen. Sie genießen eine gewisse »Narrenfreiheit«. Tiere sind zudem ausgezeichnete Projektionsflächen für alle unsere Defizite und

Schwächen. Wir können alle Unzulänglichkeiten auf sie »straffrei« übertragen, denn sie können sich weder dagegen wehren noch Gerechtigkeit einklagen. Weil wir uns aufgrund unseres Intellekts, unserer Ratio und unserer Erkenntnisfähigkeit den Tieren gegenüber überlegen fühlen, neigen wir dazu, Tiere abzuwerten und sie mit allen möglichen Bezeichnungen zu belegen, wie zum Beipiel »dummer Esel«, »krummer Hund«, »Schmeichelkatze«, »schlauer Fuchs« etc.

Unsere Überheblichkeit gegenüber den Tieren ehrt uns Menschen nicht. Deswegen schneiden die menschlichen Repräsentanten in diesem Märchen so schlecht ab, wie die Tierhalter und die Räuber.

Die Geringschätzung der Tiere führt dem Menschen letztlich die eigenen Schwächen vor Augen, mit denen er sich auseinandersetzen müsste, während die Märchentiere über sich hinauswachsen. Sie haben die Aufgabe, sich stellvertretend für uns mit dem Bösen konfrontieren zu lassen, um es in gewandelter Weise in ihr Leben einbeziehen zu können. Indem sie mit den negativen Kräften zusammentreffen, wie dies bei der Begegnung mit den Räubern geschieht, reaktivieren sie Energien, die bereits verloren gegangen zu sein schienen.

Insgesamt repräsentieren die Tierhelden in ihrem Verhalten die Hinwendung zu ihrer Naturhaftigkeit und Instinktbezogenheit. Sie nehmen sich als Kreatur an und befinden sich im Einklang mit ihrer Triebgebundenheit. Vielleicht ist es aber auch vergnüglicher, Tiere als Handlungsträger vorgeführt zu bekommen. Wenn etwas Spaß macht und Freude bereitet, können wir Menschen viele Erfahrungen leichter annehmen und sie uns zunutze machen.

2. »Der Esel entscheidet sich für ein neues Leben«

Es hatte ein Mann einen Esel, der schon lange Jahre die Säcke unverdrossen zur Mühle getragen hatte, dessen Kräfte aber nun zu Ende gingen, so daß er zur Arbeit immer untauglicher ward. Da dachte der Herr daran, ihn aus dem Futter zu schaffen,

5 *aber der Esel merkte, daß kein guter Wind wehte, lief fort und machte sich auf den Weg nach Bremen: dort, meinte er, könnte er ja Stadtmusikant werden.*

Der erste Tierheld in unserem Märchen ist der Esel, der später die ganze Gruppe anführen wird. Er gerät in eine schwierige Situation, denn sein »Herr dachte daran, ihn aus dem Futter zu schaffen«. Jahrein, jahraus hat der Esel Getreidesäcke zur Mühle getragen und Mehlsäcke zurückgeschleppt. Er tat dies ganz unermüdlich, »pflichtbewusst« und klaglos. Sein Durchhaltevermögen und seine Anspruchslosigkeit müssten seinem Herrn eine Freude gewesen sein, nur wird dieser weder darüber nachgedacht haben noch seinem Haustier dafür dankbar gewesen sein. Vermutlich hat er ihm manchmal sogar Schläge versetzt, um ihn anzutreiben, zumal der Esel in der letzten Zeit langsamer und schwerfälliger wurde. Als Lohn für die Arbeit erhielt er sein Futter und wahrscheinlich einen Stallplatz. Das waren die einzigen Wohltaten, die er für seine Unverdrossenheit bekam.

Wenn man diese Gegebenheiten auf menschliche Verhältnisse übertragen wollte, dann könnte der Arbeitgeber mit den Leistungen des Arbeitnehmers sehr zufrieden sein, denn wenn dieser fleißig und sachkompetent seine Arbeit verrichtet – und das eher für einen geringen Lohn –, dann profitiert er als der Chef sehr wohl davon.

Der Esel selber verbrachte sein Arbeitsleben in einem Abhängigkeitsverhältnis, er leistete seine Knochenarbeit, ohne groß darüber zu murren oder aufzubegehren und ohne dabei an sich selber zu denken. Er lebte »tierisch« und sklavisch. Wer hätte je gefragt, ob er mit seinem Dasein zufrieden ist? In dieser Weise vergingen die Jahre, bis vom vielen Lastentragen die Kräfte nachließen. Er konnte einfach nicht mehr so viel leisten wie in jüngeren Jahren. Sein Herr schlug ihn sicher häufiger, aber vermochte seinen Gang unter den Lasten nicht mehr zu beschleunigen. Der Esel hielt nur noch durch und tat dies mit stoischem Gleichmut.

Eines besonderen Tages – und da setzt unsere Märchenhandlung ein – spürt der Esel, dass ihm die tägliche Arbeit einfach zu schwer fällt. Er kann nicht mehr, er ist kaputt, müde, schlapp und kurz vor einem Zusammenbruch. Das bleibt seinem Herrn nicht verborgen, deshalb überlegt er, wie sein Nutztier »aus dem Futter zu schaffen« sei. Er will sich mit dem nachlassenden Leistungsvermögen seines Esels nicht abfinden. Er sieht nicht ein, sein Tier wie bisher durchfüttern zu sollen, wenn es als Gegenleistung nicht mehr so viele Säcke zur Mühle tragen kann. Deshalb macht er sich Gedanken, um den Kosten/Nutzen-Plan. Soll er ihn weiter unterhalten, wenn er von seiner Arbeitsleistung keinen hinreichenden Profit mehr hat? Für ihn als Eigentümer liegt es klar auf der Hand: Der Esel muss aus dem Futter genommen werden!

Kann man dem Eigentümer denn diese Überlegungen so verübeln? Vielleicht benötigt er stattdessen einen neuen, jungen Esel, der die anfallende Arbeit übernimmt. Dann muss der neue zusätzlich ernährt werden. Das kostet genug. Zwei Esel zu unterhalten wäre ganz unwirtschaftlich. Schließlich hat er sich den alten Esel nicht zum Spaß gehalten, sondern für die Lastentransporte. Also nicht der Beziehungsaspekt steht hierbei im Vordergrund, sondern der ökonomische. Im Vergleich dazu vertreten wir Städter meist einen anderen Standpunkt. Wir schaffen uns Haustiere in erster Linie deshalb an, weil wir den Kontakt mit ihnen wünschen, also auf einer Beziehungsebene mit ihnen verbunden sind. Unsere Tierliebe bestimmt unser Handeln, die uns in eine wechselseitige Beziehung zu unserem Haustier bringt: Wir sorgen für das Tier, betreuen es, übernehmen die Verantwortung für ein möglichst artgerechtes Leben und erfüllen uns gleichzeitig damit unser Bedürfnis nach Zuwendung, Streicheleinheiten und Nähe. Dafür erhalten wir meist die treue Freundschaft des Tieres, seine Zuneigung, Lebensfreude und Munterkeit. Vielen Menschen wird aufgrund der »tierischen« Unmittelbarkeit und Verbundenheit das Gefühl der Einsamkeit genommen. Für manchen Städter ist ein Haustier, wie zum Beipiel ein Hund oder eine Katze, wie ein treuer Kamerad.

Aber hier im Märchen ist die Bezogenheit zwischen Mensch und Tier anderer Art. In dem Augenblick, in dem der Esel dem Eigentümer keinen Nutzen mehr bringt, will er ihn loswerden. Zum Glück ist unser Märchenesel ein lebenserfahrenes Tier, das im Laufe der Zeit ein ausgeprägtes Gespür dafür entwickelt hat, was die Stunde geschlagen hat. Er kennt seinen Herrn sehr genau und weiß, wie sich dieser ihm gegenüber verändert hat, denn er ist ruppiger und ungeduldiger geworden. Dieses ewige Antreiben zu mehr Schnelligkeit, das Geschlagenwerden, das Unverständnis – all das hat der Esel längst bemerkt. Er ist weder dumm noch unsensibel. Er begreift, »daß ihm kein guter Wind wehte«. Diesen Zustand nur hinauszuzögern macht keinen Sinn mehr. Ehe seine Situation zu brenzlig wird und es zu spät ist, fasst er den festen Entschluss: »Ich werde Stadtmusikant in Bremen und verlasse meinen Herrn.« Diese Absicht kommt einer Kündigung gleich. Wie kommt er ausgerechnet auf eine solche Idee?

In mythologischer Hinsicht steht der Esel seit der Antike in einer Beziehung zum Lautenspiel. Der Esel war dem griechischen Gott Dionysos zugeordnet, dem Gott des Rausches, des Weins, der Ekstase und der Musik. Wenn also der Esel die Laute schlagen will, dann zeigt sich darin eine Parallele zu dem Grimmschen

Märchen »Das Eselein«, das als einziges Kind dem bis dahin kinderlosen Königspaar geboren wird. Das Eselein erhält eine sehr gute Erziehung, zu der zum Beipiel das Erlernen des Laute-Spielens gehört. Diese Kunst bringt es bis zur Meisterschaft.

Nachdem unser Märchenesel gerade noch rechtzeitig, aber erst im allerletzten Moment die rettende Idee gefunden hat, wie er seine weitere Zukunft gestalten will, verlässt er seinen Herrn, um sich auf den Weg nach Bremen zu machen.

Es ist ganz erstaunlich, dass der Esel, so abgearbeitet und erschöpft wie er ist, eines solchen Entschlusses überhaupt noch fähig ist. Er gibt einiges auf und geht einer ungewissen Zukunft entgegen. Auch wenn er kein erfreuliches Leben bei seinem Herrn hatte, so wird er von nun an kein regelmäßiges Futter und kein Wasser bekommen. Seinen Stallplatz muss er räumen, der ihm Schutz geboten hat gegen schlechtes Wetter und mögliche Feinde. Alle Regelmäßigkeiten, Routine und die Sicherheiten lässt er hinter sich zurück, um sich unzähligen Veränderungen aus-zusetzen. Wie viel Mut benötigt er, um sich von allem zu lösen, was sein bisheriges Leben ausgemacht hat. Woher hat er diese Entscheidungsfähigkeit?

Woher nimmt er die Kraft zur Bewältigung so vieler Ungewiss-heiten? Aber welche Alternative hätte er denn gehabt?

Bis auf eine kurze Zeit der Kindheit und Jugend war sein Leben bisher im Wesentlichen von Arbeit und Mühsal geprägt, wie das ewige Säcke Schleppen. Dieses unermüdliche Dienen, Sich-Anpassen und die über die verbleibende Kraft hinausreichende Forderung nach Pflichterfüllung haben ihn übermäßig strapaziert, wohl auch widerwillig gemacht. Er kann nicht mehr weiterarbeiten wie bisher, will frei und unabhängig sein. Es geht ihm aber nicht ums »Nichtstun«, sondern darum, dass er sich solchen Beschäf-tigungen widmen möchte, zu denen er sein Lebtag nicht gekom-men ist. Es ist sein großer Traum, Laute zu spielen und sich seinen schöpferischen Fähigkeiten zu öffnen. Er will in Zukunft das tun, wozu er Lust hat und was ihm Freude macht. Das ist sein

Ziel! Auch vielen Menschen geht es ähnlich nach einem langen, arbeitsreichen Berufsleben.

Die Idee, Stadtmusikant zu werden, stellt sich erst in allerhöchster Not ein. Wie es für ein Märchen üblich ist, bedarf es einer Grenzsituation, um in allerletzter Minute eine Ausflucht aus dem Lebensdilemma zu finden. So lange der Esel jung, gesund und kräftig war, brauchte er keine Notlösung für sein Leben. Da hielt er den Anforderungen stand. Aber nun fühlt er sich ausgelaugt und ist kaputt, vielleicht ist er auch verzweifelt. Er weiß, dass er in der Situation nicht verharren kann, wenn er überleben möchte. *Nur die Veränderung enthält die Chance für einen neuen Anfang.* Da ist es hilfreich, dass er intuitiv ein Konzept für seine letzte Lebensphase gefunden hat. Er wird damit zugleich zum Ideenträger für die anderen Tiere, die er in einer vergleichbaren Lage antrifft. So entwickelt er sich zu ihrer Leitfigur. Er, der »dumme« Esel, wird der Anführer der Musikantengruppe. Diese Ironie will uns das Märchen vor Augen führen und uns diesbezüglich belehren. Dies geschieht in ausgesprochen konstruktiver Weise. Denn der Esel spielt sich in seiner neuen Rolle und Funktion nicht auf.

Warum will der Esel nicht allein nach Bremen gehen?

3. »Die Formierung der Musikantengruppe«

(Zeile 8–46)

Als er ein Weilchen fortgegangen war, fand er einen Jagdhund
auf dem Wege liegen, der jappte wie einer, der sich müde gelau-
10 *fen hat.*
»Nun, was jappst du so, Packan?« fragte der Esel. – »Ach«, sagte
der Hund, »weil ich alt bin und jeden Tag schwächer werde,
auch auf der Jagd nicht mehr fort kann, hat mich mein Herr
wollen totschlagen, da hab' ich Reißaus genommen; aber womit
15 *soll ich nun mein Brot verdienen?« – »Weißt du was?« sprach*
der Esel, »ich gehe nach Bremen und werde dort Stadtmusikant,
geh mit und laß dich auch bei der Musik annehmen. Ich spiele
die Laute, und du schlägst die Pauken.«
Es dauerte nicht lange, so saß da eine Katze an dem Weg und
20 *machte ein Gesicht wie drei Tage Regenwetter. »Nun, was ist dir*
in die Quere gekommen, alter Bartputzer?« sprach der Esel. –
»Wer kann da lustig sein, wenn's einem an den Kragen geht«,
antwortete die Katze, »weil ich nun zu Jahren komme, meine
Zähne stumpf werden, und ich lieber hinter dem Ofen sitze
25 *und spinne, als nach Mäusen herumjage, hat mich meine Frau*
ersäufen wollen; ich habe mich zwar noch fortgemacht, aber
nun ist guter Rat teuer: wo soll ich hin?« – »Geh mit uns nach
Bremen, du verstehst dich doch auf die Nachtmusik, da kannst
du ein Stadtmusikant werden.« Die Katze hielt das für gut und
30 *ging mit.*
Darauf kamen die drei Landesflüchtigen an einem Hof vorbei;
da saß auf dem Tor der Haushahn und schrie aus Leibeskräften.
»Du schreist einem durch Mark und Bein«, sprach der Esel, »was

hast du vor?« – »Da hab' ich gut Wetter prophezeit«, sprach
35   *der Hahn, »weil unserer lieben Frau[en] Tag ist, wo sie dem*
Christkindlein die Hemdchen gewaschen hat und sie trocknen
will; aber weil morgen zum Sonntag Gäste kommen, so hat die
Hausfrau doch kein Erbarmen und hat der Köchin gesagt, sie
wollte mich morgen in der Suppe essen, und da soll ich mir heut'
40   *Abend den Kopf abschneiden lassen. Nun schrei' ich aus vollem*
Hals, solang ich noch kann.« – »Ei was, du Rotkopf«, sagte der
Esel, »zieh lieber mit uns fort, wir gehen nach Bremen, etwas
Besseres als den Tod findest du überall; du hast eine gute Stimme
und wenn wir zusammen musizieren, so muß es eine Art haben.«
45   *Der Hahn ließ sich den Vorschlag gefallen, und sie gingen alle*
viere zusammen fort. –

Der Esel beginnt sein neues Leben, indem er sich auf den Weg
nach Bremen macht. Warum mag er gerade Bremen als Ziel ins
Auge gefasst haben? Diese Stadt, die ehemals zur Zeit der Hanse
eine besondere Bedeutung erlangt hatte und noch heute als Han-
delsstadt eine wichtige Rolle spielt, liegt an der Weser, nicht allzu
weit von der Mündung in die Nordsee entfernt. Hier im Märchen
repräsentiert sie das freiheitliche, städtische Leben, das von der
Zusammenballung vieler Menschen bestimmt ist. Bremen ist eine
Stadt mit hanseatischem Gepräge. Dort, wo viele Menschen dicht
gedrängt zusammen leben, lässt sich am ehesten Geld für das
tägliche Brot verdienen. Für die Tiere steht Bremen als Synonym[4]
für ihr neues Lebensziel, für Freiheit und Unabhängigkeit.

Aber wichtiger, als ein Ziel zu erreichen, ist die Tatsache
anzusehen, dass der Esel überhaupt ein Ziel hat. So weiß er
wenigstens, was er anstreben kann. Dass er Bremen nie in seinem Leben erreicht, erweist sich als Vorteil. Wie hätten die Tiere
in einem urban[5] geprägten Lebensraum ihr Leben führen sollen

4 Synonym: sinnverwandtes Wort, Sinnbild
5 urban: städtisch

und können, zwischen all den Häusern, Märkten, Straßen und Plätzen, also in einer vom Menschen zivilisierten Welt mit viel Verkehr, Abgas, Lärm und Schmutz? Städte sind für Tiere, die auf einen Bauernhof oder in die freie Natur gehören, unpassend oder inadäquat. Ein artgerechtes Leben hätten sie dort nicht führen können.

So ist es gut, dass die vier Tiere nie so weit gekommen sind. Vielleicht lässt sich von dem Bild des unerreichten Ziels herleiten, dass es Menschen auch oft so geht, nämlich dass sie das, was sie sich vorgenommen haben, nicht erlangen. Das, was zunächst sehr erstrebenswert erscheint, erweist sich im Lauf der Biographie mitunter als ausgesprochen nachteilig. Erst viel später stellt sich heraus, dass es gut war, zum Beipiel einen bestimmten Job *nicht* erhalten oder einen bestimmten Partner *nicht* geheiratet zu haben.

Da ist in solchem Zusammenhang manche Träne geweint worden, es hat viel Frustration gegeben. Erst wenn es erkennbar wird, welchen Segen es bedeutet, dass das eine oder andere so nicht zustande gekommen ist, wie ursprünglich geplant und gedacht, dann bedauern wir es nicht länger, ein angestrebtes Ziel fallen gelassen zu haben.

Alle vier Tiere würden uns dies bestätigen, wenn wir sie hätten fragen können. Wie gut, dass sie am Ende des Märchens eine neue Heimstatt im Räuberhaus mitten im Wald finden. Dies entspricht ihren Naturen wesentlich besser als ein städtischer Lebensraum.

Auf menschliche Verhältnisse übertragen heißt dies: Wenn man sein Leben *wirklich* verändern will, muss man sich im Vorfeld gründlich überlegen, was man tun könnte. Danach muss man prüfen, ob sich die Idee überhaupt in die Realität umsetzen lässt. Aus der Idee muss dann ein Konzept hergeleitet werden. Wenn man einen Plan oder ein Konzept entwickelt hat, kann man es Schritt für Schritt verwirklichen. Natürlich muss man sich darüber klar sein, dass es bei der Umsetzung immer auch Störungen und

Schwierigkeiten geben kann. Diese müssen einkalkuliert werden, damit man nicht den Mut verliert.

Viele Menschen möchten – wie der Esel im Märchen – durchaus ihr Leben in neue Bahnen lenken, aber sie schaffen es nicht, weil es ihnen entweder an einer klaren Zielorientierung mangelt oder der wirkliche Wille zu einer Veränderung fehlt. Je konkreter die Lebensplanung ist, desto größer ist die Chance, einen Neubeginn einleiten zu können. Allerdings ist auch viel Durchhaltevermögen vonnöten.

Der Esel ist noch gar nicht weit und auch nicht lange gegangen, da trifft er auf einen Jagdhund, der erschöpft nach Luft ringt. Der Esel spricht ihn an. Vermutlich ist es nicht nur die eigene Projektion[6], die bei seinem Gegenüber ein vergleichbares Schicksal vermuten lässt wie bei sich selbst, sondern auch eine besondere Sensibilität, die den Esel seismographisch[7] die Regungen und Gefährdungen der anderen Tiere erspüren lässt. Er ahnt sofort, was mit dem Hund los ist, und konfrontiert ihn sogleich mit seiner Idee. Da es dem Hund an einer solchen mangelt, ist er froh über den Vorschlag, das Paukenspiel übernehmen zu sollen. Wie gut, dass der Esel eine klare Vorstellung von der Zukunft hat, so dass der Hund gar keine eigene Idee einzubringen braucht. Wahrscheinlich ist er viel zu kaputt und erschöpft, als dass er noch die Kräfte hätte, die eigene Zukunft sinnvoll planen zu können. Der Hund ist als Rudeltier ohnehin eher ein »Mitläufer«.

Die Begegnung mit dem Esel ist für den Hund lebensrettend, denn er hätte sich keinen Rat gewusst und wäre wohl doch noch von seinem Herrn erschlagen worden oder sonst wie ums Leben gekommen. Also auch hier findet eine Rettung aus höchster Not statt, aber diese kommt von einem Tier, nicht von den Menschen. Oder steht der »dumme« Esel hier symbolisch für den »besseren« Menschen? Gleichwie – der Hund ist flexibel genug, um den

6 Projektion: Übertragung
7 seismographisch: hier im übertragenen Sinn von »außerordentlich feinsinnig«, Begriff bezieht sich auf die Aufzeichnung von Erdbeben

Vorschlag des Esels anzunehmen. Gemeinsam setzen sie ihren Weg fort.

Es dauert nicht lange, da treffen Hund und Esel eine Katze, deren Schicksal schon fast besiegelt zu sein scheint, denn ihrem Gesicht lässt sich ansehen, dass sie todunglücklich und ratlos ist. Ihre Herrin hatte sie ersäufen wollen, weil sie alt geworden und keine gute Mäusefängerin mehr ist. Mit letzter Kraft ist sie ihr entwischt und davongelaufen. Nun irrt sie aber ziellos und planlos herum.

Wieder ist es der Esel, der Ideenträger und der Kommunikative, der erkennt, wie es um die Katze bestellt ist. Er versteht ihren Gesichtsausdruck zu deuten. Er, der unglaubliche Lasten getragen hat, begreift intuitiv, um welche seelischen Belastungen es hier geht. Die Katze ist verzweifelt. Ohne die rettende Ansprache des Esels hätte sie kaum noch eine Zukunft gehabt, selbst wenn man den Katzen nachsagt, dass sie sieben Leben hätten. Sie sind zäh, aber nach einer Zeit des Herumvegetierens wäre ihr Leben zu Ende gewesen. Der Esel weiß auch sofort die Fähigkeiten der Katze richtig einzuschätzen, denn er sagt, dass sie sich auf Nachtmusik verstehe. Sie kann sich damit wohl gut identifizieren, nimmt das Angebot, Stadtmusikant zu werden, an und ist froh, dass sie nur in eine Gruppe einzusteigen braucht. Sie muss keine Führung übernehmen, sondern braucht sich nur an dem Unternehmen zu beteiligen. Die Katze, die ihr Leben lang ihrem eigenen Instinkt gefolgt ist bei der Jagd nach Mäusen, darf sich einfach anschließen. Sie kann sich in den Schutz der Gruppe begeben und braucht nur mitzumachen, wobei ihre Gesangskünste gefragt sind. Diese einzubringen ist sie gerne bereit, was ihre Flexibilität erkennen lässt, oder es schmeichelt ihr, dass der Esel ihren Gesang offensichtlich zu schätzen weiß – selbst wenn etwas Ironie mitschwingt. Erstaunlich ist jedenfalls, dass der Esel nicht etwa den Hahn, den sie als nächsten treffen, als den großen Sänger anspricht. Denn dieser schreit so aus vollem Halse, dass der Esel nicht lange raten muss, welche Bewandtnis es damit habe. Er ist wohl eher erschrocken über die enorme Lautstärke, die der Hahn beim Schreien hervorbringt, und möchte ihn beruhigen, indem er ihm den Vorschlag macht, mit nach Bremen zu kommen und sich der Gruppe anzuschließen. Allerdings räumt er ein, dass der Hahn eine gute Stimme habe, vielleicht denkt er bei sich wohl eher an eine kräftige und laute.

Auch der Hahn, der sich in höchster Bedrängnis befunden hat, weil er geschlachtet werden sollte, willigt ein, und so ist das Quartett zusammen. Sie treffen von nun an keine weiteren in Not geratene Tiere, denn die Vier ist die Zahl der Ganzheit und besteht aus zwei mal zwei Polaritäten. Sie ist das erste Ganzheitssymbol, die Acht wäre als doppelte Vier das zweite Ganzheitssymbol. Wenn man die Tiereigner vorübergehend zur Acht gehörig einbeziehen will, dann bilden die Tiere und die vier Tiereigner je eine Vierergruppe.

Die Pythagoreer[8] haben erkannt, dass die Eins bis Vier die Basis für das Zahlenmuster ist, das dem Kosmos und der menschlichen Grundordnung zugrunde liegt. Es gibt zum Beipiel vier Elemente (Feuer, Wasser, Luft, Erde), vier Himmelsrichtungen (Norden, Osten, Süden, Westen) und vier Jahreszeiten (Frühling, Sommer, Herbst, Winter). Unser menschliches Bewusstsein beruht auf vier Funktionen, dem Denken, der Intuition, dem Empfinden und Fühlen. Die Vierzahl der Tiere verweist darauf, dass es in diesem Märchen um den Drang nach Bewusstwerdung geht. Die einzelnen Tiere symbolisieren auf einer vorbewussten Stufe diese Funktionen. Der Esel hat sich als Denker und Ideenträger ausgewiesen. Der Hund mit seiner Spürnase verkörpert die Intuition. Die Katze steht für die Empfindung mit ihrer realistischen Einschätzung, während der Hahn mit seinem mordsmäßigen Geschrei das Pathos und damit das Gefühl vertritt.

---

8 Pythagoreer: Schüler bzw. Anhänger des Pythagoras, griechischer Philosoph um 520-497 v.Chr.

Innerhalb der Vierergruppe sind alle vier Funktionen vertreten, sie schließen sich zusammen und kooperieren miteinander wie ein erfahrenes Team. Der Esel verhält sich wie ein »primus inter pares«[9], der die anderen führt, aber nicht bevormundet. Jedes Tier bringt seine Fähigkeiten in die Gruppe mit ein – und dies nicht erst bei ihrer musikalischen Darbietung vor den Räubern. Dieser letzte Aspekt des Märchens verweist auf einen spaßhaften Anteil.

Wenn man die enorme schicksalsmäßige Herausforderung bedenkt, die die vier Tiere zusammengefügt hat, und berücksichtigt, unter welchem Druck sie alle standen, dann kann man sich gut vorstellen, dass sie nun wieder freie Energien haben, die sie in ihre »Selbsthilfegruppe« einbringen können. Im letzten Moment konnten sie die Opferrolle gerade noch verlassen.

Gleiche oder vergleichbare Schicksalsschläge lassen offenbar nicht nur die Menschen dichter zusammenrücken, sondern auf einer symbolischen Ebene auch diese Märchenhelden. Der gemeinsame Erfahrungshorizont und das gemeinsame Ziel fügen alle vier zu einer festen Gruppe zusammen, die aufgrund ihres Zusammenschlusses viel mehr Wirkungskraft gewinnt als die Summe der einzelnen Gruppenmitglieder. Es ist zu erwarten, dass sie von nun an ihr Leben meistern werden, weil sie sich aufgrund ihrer unterschiedlichen Fähigkeiten ergänzen werden. Als Gruppe sind sie handlungsfähig, und, wenn es sein muss, wehrhaft.

Zu diesem Zeitpunkt setzt die Wende im Märchen ein. Die Energien sind in der Vierergruppe gebündelt, ebenso die individuellen Begabungen der Tiere. Sie haben ein Schutz- und Trutzbündnis geschlossen, indem sich die einzelnen Tiere auf den Plan des Esels eingelassen haben. Von nun an kooperieren sie, wobei jedes einzelne Tier wieder zu mehr Aktivität gelangt. Ihr Zusammenwirken funktioniert von Anfang an. Man könnte sich fragen, woher sie das haben und wo sie das gelernt haben.

Vielleicht sind sie so teamfähig, weil sie schon sehr früh in

---

9 primus inter pares: der Erste unter Gleichen

ihrem Leben gelernt haben sich anzupassen, aber hier tun sie es freiwillig. Sie stehen unter keinem Druck und Zwang mehr, sich anpassen zu müssen. Jedes Tier bringt sich seiner Art entsprechend ein. Sie sind nun frei von jeglicher Fremdbestimmung und werden von ihren Eignern nicht mehr bedroht. Das entlastet sie und mag eine wesentliche Voraussetzung dafür sein, dass die eben noch altersschwachen Tiere schon wieder etwas von ihrer früheren Lebendigkeit und Wahrnehmungsfähigkeit zurückerlangt haben.

Alle wissen sie, dass sie soeben »neu geboren« wurden, denn sie haben den Tod umgangen und den ersten Schritt in ein freies Leben gewagt.

Allerdings darf man sich das nicht so leicht vorstellen, wie es sich im Märchen ausnimmt. Es ist ja auch nicht einfach, Haus und Hof zu verlassen, sich von seinen Tiereignern abzuwenden, mit denen sie jahrelang mehr oder weniger einvernehmlich gelebt haben. Alle ihre gewohnten Plätze, ihre bekannten Reviere aufzugeben und zurückzulassen, erfordert Mut, Kraft, Flexibilität und Willensstärke. Das schafft nicht jeder, wenn wir uns als Menschen daran ein Beispiel nehmen wollen. Es sieht so leicht aus, wenn jemand sagt: Ich habe mein Haus verkauft, bin in eine andere Stadt gezogen, habe mir eine Wohnung gesucht, eine neue Arbeitsstelle angenommen und bin eine neue Partnerschaft eingegangen. Veränderung auf der ganzen Linie! Wer kann das leisten? Wer bringt den nötigen Mut dazu auf?

Aber welche Alternative hätte es für die Märchenhelden gegeben?

3.1 »Die einzelnen Gruppenmitglieder«

Die Musikantengruppe hat sich formiert. Alle vier Tiere, die zusammen ein Quartett oder ein Quaternium bilden, sind vom Menschen gezähmte Tiere. Seit Jahrhunderten sind sie an den Menschen gewöhnt, dienen ihm, begleiten ihn als Freund und Kameraden oder haben bestimmte Aufgaben zu erfüllen. Alle Tiere könnte man zum Beipiel auf einem Bauernhof antreffen. Rein theoretisch könnten sie sich alle kennen. Es ist ziemlich wahrscheinlich, dass jedes Tier der Gruppe in irgendeiner Weise mit den anderen Tierarten schon einmal in Berührung gekommen ist. Katzen und Hunde begegnen einander häufiger. Aber weil sie jeweils auf andere Art kommunizieren oder solche Signale geben, die vom Gegenüber leicht missverstanden werden, kann es vorkommen, dass sie einander ablehnen. Wenn ein Hund zum Beipiel durch Schwanzwedeln seine Freude ausdrückt, versteht die Katze dies eher als Signal innerer Anspannung und reagiert anders, als es der Hund erwartet.

Leben Hund und Katze von klein auf zusammen, kommen sie meistens miteinander klar. Mitunter entsteht sogar eine sehr tiefe, freundschaftliche Bindung zwischen ihnen. Die Beziehungen zwischen den anderen Tieren ist sicherlich von gegenseitigem Respekt geprägt. Esel und Hahn sind ausgesprochen verschieden, ein Huf- und Herdentier und ein Vogeltier. Was hätten sie miteinander zu tun? Sie können sich aber ergänzen und schätzen. Während der Esel auf Bodenhaftung angewiesen ist, vermag sich der Hahn aufzuschwingen, um von einem erhöhten Platz aus die Welt zu betrachten. Ein solcher Perspektivwechsel erweist sich hier im Märchen als ausgesprochen hilfreich.

3.1.1 Der Esel

Das größte Tier der Vierergruppe ist der Esel, ein Säugetier. Er gehört zur Gattung der Pferde: *equus asinus*. Vom Pferd unterscheidet er sich vor allem durch die Länge seiner Ohren und durch die Kürze seiner aufrecht stehenden Mähne. Er ist ein Herdentier, das Gras frisst, und stammt wahrscheinlich von dem nordafrikanischen Steppenesel ab, der domestiziert wurde. Häufig wird er einzeln gehalten und als Reittier oder Lasttier benutzt. Auf schmalen Gebirgspfaden ist er trittfest, sicher und nicht ängstlich, so dass er so manchen schweren Packen bergauf oder bergab trägt.

Schon in der griechisch-römischen Antike wurde der Esel mit Sinnlichkeit und Lüsternheit in Verbindung gebracht. Wegen seiner großen sexuellen Potenz und Triebhaftigkeit ordneten die Griechen den Esel dem Gott Priapus, dem Gott der Fruchtbarkeit zu. Dionysos, der Gott des Rausches, der Ekstase und der Sinnlichkeit benutzte den Esel als Reittier. Da diesem Gott die Musik zugeordnet wird, die ein Bestandteil vieler Feste ist, weil sie einen intensiven Gefühlsausdruck ermöglicht, wird der Esel mit dem Lautenspiel in Verbindung gebracht.

Auch unser Märchenesel möchte die Laute spielen. Warum will er ausgerechnet mit seinen Hufen ein Saiteninstrument bedienen? Es ist zu vermuten, dass er von nun an seinen Gefühlen mehr Ausdruck verleihen möchte. Er sehnt sich nach Harmonie und möchte stärker im Einklang mit seinen inneren Stimmungen leben und andere ›Saiten‹ zum Klingen bringen. In dieser Absicht klingt zumindest ein feines Gespür für Töne und Zwischentöne an.

Mit dem Bild, dass Jesus Christus auf einem Esel nach Jerusalem reitet, wird auf symbolischer Ebene deutlich, dass er die

»instinktive Grundlage« zügelt und sie zu meistern versteht. Somit wird der Esel der Träger des neuen Gottes. Auf symbolischer Ebene ist er der Träger des Heils, des Lichts und eines neuen Zeitalters.

Da sich für manchen Menschen der Sexualtrieb so störrisch wie ein Esel zeigt, weil dieser sich dem Einfluss durch den Willen widersetzt, wird der Esel in eine Beziehung zur männlichen Sexualität gebracht. Obwohl die Beherrschung des Trieblebens erst erlernt werden muss, ist dieses zugleich ein tragendes Element des menschlichen Lebens.

Der Esel wird häufig auch deshalb als ein störrisches Wesen beschrieben, weil er zuweilen die geforderte Arbeitsleistung verweigert. Dieses Verhalten verärgert den Eselshalter. Deshalb hält er sein Tier für »dumm« und eigenwillig, wodurch sich viele Redensarten entwickelt haben.

Aber vielleicht hat der Esel seine »instinktiven« Gründe dafür, dass er sich so verhält. Unser Märchenesel scheint davon weit entfernt zu sein und bildet eher die Kompensation dazu, denn er hat in jahrelanger Pflichterfüllung seinem Herrn treu zu Diensten gestanden. Seine Anspruchslosigkeit, Genügsamkeit und Ausdauer sind ihm hoch anzuerkennen. Bescheidenheit, Fleiß und Durchhaltevermögen zeichnen ihn aus, weshalb er wohl vor der Zeit gealtert ist. Aber seinen Lebenswillen hat er deshalb nicht verloren. Im Gegenteil. Als er merkt, dass sein Herr ihn aus dem Futter nehmen will, reagiert er sehr wachsam und sensibel. Er begreift sofort, worum es geht, und entwickelt eine Idee, wie er sich diesem Ansinnen entziehen kann. Dieses Verhalten zeugt von wachen Sinnen, Entscheidungsfähigkeit und Flexibilität. Wie gut, dass ihn sein Mut dabei nicht verlässt.

Aufgrund dieser Fähigkeiten erweist er sich als die passende Basis für die spätere Tier-Pyramide. Er ist standfest, tragfähig, lebensklug und wahrnehmungsfähig, denn er verfügt über eine gute Beobachtungsgabe. Er erfasst bei allen drei Tieren, denen er begegnet, sofort wie es um sie bestellt ist und in welcher Gefahr sie sich befinden.

So bildet er die tragfähige Grundlage und symbolisiert zugleich den Geist als Ideenträger und Vordenker der Gruppe.

3.1.2 Der Hund

Das erste Tier, das sich dem Esel anschließt, ist ein Jagdhund, der in die Jahre gekommen ist und deswegen für die Jagd untauglich geworden ist. Auch er gehört zu den Säugetieren. Wahrscheinlich ist der Hund das älteste Wildtier überhaupt, das domestiziert wurde und sich dem Menschen anschloss. Er wurde ihm Freund und Wegbegleiter. Als Rudeltier hat er es akzeptiert, vom Men-

schen angeführt zu werden und ihm zu folgen, wie zuvor dem »Leithund«. Er entwickelt zum Menschen eine starke emotionale Bindung, bewacht den Besitz seines Eigners, verbellt Fremde und fällt diese notfalls an. Auf diese Weise verteidigt und beschützt er seinen Halter. Wegen seines außerordentlichen Geruchssinns leistet er ihm große Dienste, zum Beipiel beim Aufspüren von Lawinen- und Erdbebenopfern oder bei der Suche nach versteckten Drogen. Seine Loyalität und Anhänglichkeit haben für ihn einen sehr hohen Wert, ebenso seine Zuverlässigkeit und Umsicht zum Beipiel als Begleiter von Blinden.

Ein Hund muss erzogen, eventuell für bestimmte Aufgaben abgerichtet werden, damit er seine besonderen Fähigkeiten »nutzbringend« entfalten kann, wie zum Beipiel als Polizei-, Jagd- oder Hirtenhund. Die Tatsache, dass sich ein Hund dressieren lässt, hat ihm die Bezeichnung »hündisch« eingebracht, die in abwertender Weise den Zug von Unterwürfigkeit und sklavischer Anpassung beschreibt, andererseits zeigt es, wie lernfähig er ist und wie er seine Anlagen weiterentwickeln kann.

In der Mythologie repräsentiert der Hund einen gut-bösen Doppelaspekt, denn er gilt als gottlos und unsittlich. Aber auf der anderen Seite gilt er als »Seelenjäger«, der die verirrten Schafe dem göttlichen Hirten zutreiben soll.

In Goethes »Faust« verkörpert der schwarze Pudel den Teufel, denn der Hund wurde wie die Katze als Hexentier angesehen. In verschiedenen Religionen bewacht der Hund den Eingang zum Totenreich. In der griechischen Antike ist es *Zerberus*, bei den Germanen war es *Garm* und bei den Ägyptern *Anubis*. Also kommt dem Hund so eine Mittlerfunktion zwischen der oberen Welt und der Unterwelt, zwischen dem Bewussten und dem Unbewussten, zwischen Himmel und Hölle zu.

Welche Funktion hat er hier im Märchen?

Er ist ein kameradschaftlicher Begleiter der Gruppe, der alle möglichen Wege zielsicher findet aufgrund seines ausgeprägten Geruchssinns. Sein gutes Gehör lässt ihn sehr früh anschlagen, wenn Gefahren auftauchen. Er ist ein »Warner«, ein Beschützer für die bedrohten Tiere, denn er verjagt und verbellt Menschen oder Tiere, die der Gruppe gefährlich werden könnten. So sorgt er für die Sicherheit und den Schutz seines »Ersatzrudels«, zu dem er nun gehört, und betreut es.

Auf einer anderen Ebene repräsentiert der Hund all das, was noch unbewusst bleiben will oder unerwachsen ist, wie zum Beipiel das »Hündische«, »Sklavische«, »Unterwürfige« im Menschen.

3.1.3 Die Katze

Bei der Formierung der Gruppe ist die Katze das einzige weibliche Tier, wodurch ihr eine bestimmte Sonderrolle zukommt. Sie repräsentiert die weiblichen Aspekte, wie zum Beipiel die Fähigkeit zur Zärtlichkeit, das Schmusen, Umgarnen, Umwerben, Schmeicheln, die Erotik und die Reinlichkeit. Katzen zählen ebenfalls zu den Säugetieren. Sie sind gute Mütter, sind sehr fürsorglich und schnurren sogar bei dem schmerzhaften Geburtsvorgang. Sie versorgen ihre Jungen vorbildlich.

Die Katze steht für die Empfindung. Da sie ein ausgesprochen sensibles Tier ist, verkörpert sie die Anima des Menschen. Beim Mann wäre die Anima die Vorstellung von der Frau schlechthin, und bei einer Frau sind es eben die Aspekte, die ihre Rolle als Frau ausmachen.

Die Katze ist ein Miniatur-Raubtier. Da sie gezähmt ist, repräsentiert sie die »gebändigte« Sexualität bzw. Triebhaftigkeit. Sie wählt sich ihren Sexualpartner aus und führt zuweilen ein ausschweifendes Sexualleben. Sie ist ein unabhängiges Tier, macht als Einzelgängerin und Jägerin ihre Beute, lässt sich nicht dressieren und unterwirft sich auch nicht dem Menschen. Die Katze sucht von sich aus die Freundschaft des Menschen und vermag sich durchaus gut an die verschiedensten Verhältnisse anzupassen, aber sie bewahrt sich immer eine gewisse Unabhängigkeit und Freiheit, während der Hund als ein Rudeltier sich dem Menschen unterwirft und diesen als »Leittier« anerkennt. Die Katze gibt ihren eigenen Willen und ihre Selbständigkeit hingegen nicht auf.

Im alten Ägypten war sie ein heiliges Tier und genoss göttliche Verehrung. Die Katzen der Pharaonen wurden nach ihrem Tod einbalsamiert und in den Königs-Grabkammern beigesetzt wie die Pharaonen selber. Die ägyptische Mondgöttin Bastet wurde durch eine Katze verkörpert und stets mit einem Katzenkopf dargestellt.

Im indischen Mythos reitet die Große Göttin als Beschützerin aller Geborenen auf einer Katze. Deshalb hüten sich die Inder, dem Tier etwas zuleide zu tun.

Die germanische Göttin der Liebe und der Ehe, Freya, lässt ihren Wagen von einem Katzengespann ziehen. Die große Fruchtbarkeit der Katzen und ihre Fähigkeit, im Dunkeln zu sehen mit ihren großen, glänzenden Augen, ließen die Katze als ein Tier erscheinen, das die geheimen Kräfte kennt. In den Märchen und Sagen wird die Katze häufig in eine Beziehung zu einer Hexe gebracht. Auch umgekehrt nehmen Hexen oft die Gestalt einer Katze an. Das Wort Ketzer leitet sich vom Wort Katze her.

Vor allem im Mittelalter wurden die Katzen als Hexenwesen dämonisiert und verteufelt. In solchem Zusammenhang galt die Katze plötzlich als »falsch«. Wenn sie schwarz war, brachte sie in der Vorstellung des Volksglaubens Unglück. Häufig ertränkte oder verbrannte man sie lebendigen Leibes. Solche scheußlichen Tierquälereien können als »Entartung« angesehen werden. Je mehr sich der Mensch von der Natur entfremdet, desto eher sind Entgleisungen dieser Art zu beobachten.

Tatsächlich ist die Katze außerordentlich nützlich, weil sie die Ratten und Mäuse u. a. von den Getreidevorräten fernhält und dadurch für den Erhalt der menschlichen Nahrungsmittel sorgt.

In einem Zeitungsartikel war vor kurzem zu lesen, dass man in Vietnam die Katzen weitgehend dezimiert hat, weil man ihr Fleisch dort gern isst, so wie wir in unserem Kulturkreis Kaninchen verspeisen. Aus diesem Grund erhöhte sich die Population der Ratten und Mäuse so dramatisch, dass von ihnen große Teile der Reis- und Getreidevorräte aufgefressen wurden. Für die Bevölkerung ergab sich dadurch eine problematische Verknappung der Getreidemengen und als Folge davon eine Verteuerung.

In China gibt es ähnliche Erscheinungen.

3.1.4 Der Hahn

Der Hahn ist das vierte und letzte Tier, das die »Landesflüchtigen«
treffen. Mit ihm komplettiert sich die Gruppe. Er ist das einzige

Vogeltier in dieser Runde, obwohl seine Flugkünste sehr begrenzt sind. Dafür ist sein Krähen durchdringend und weithin hörbar. Sogar dem Esel scheint es durch Mark und Bein zu gehen. Auf einem Bauernhof hält er seine Hühnerschar zusammen, sorgt dafür, dass die hierarchischen Strukturen eingehalten werden und er als »gekröntes« Haupt den Hühnern vorsteht. Sein Imponiergehabe hat ihm die Verbindung mit dem Stolz eingebracht. Er bevorzugt erhöhte Plätze, Balkone, Äste, von denen er das Geschehen überblicken und notfalls eingreifen kann. Seine herrlich bunten Schwanzfedern, sein roter Kamm und sein Sporn lassen ihn majestätisch und elegant erscheinen. Er vermag sich richtig in Positur zu setzen und will respektiert werden. So glänzend, wehrhaft und kampflustig wie er ist, gilt er seit Alters her als ein Symbol der Streitlust und der sexuellen Fruchtbarkeit. Bei Sonnenaufgang kündigt er den neuen Morgen an, wodurch er als der Künder des Lichts gilt. Auf einer symbolischen Ebene ist er derjenige, der den Tag ankündigt, an dem alles ans Licht kommen und somit die Wahrheit zutage befördert wird. Insofern steht er also auch in der Verbindung mit dem Gewissen. Als der Hahn dreimal krähte, wurde sich Petrus seines Verrats an Jesus Christus bewusst, da war sein Gewissen berührt, und er weinte.

Auch hier im Märchen schreit er womöglich so laut, weil er an das Gewissen seiner Eigner appellieren will, um am Leben bleiben zu können. Am Ende des Märchens wird durch sein Krähen der abgesandte Räuber verunsichert und hört darin den Richter rufen: »Bringt mir den Schelm her!«

Im Märchen »Frau Holle« befindet sich der Hahn an der Schwelle zum Jenseits, als er die eine als »Goldmarie« in der Oberwelt begrüßt, während er die andere als »Pechmarie« bezeichnet.

Bei den Germanen wurde er als Grenzwächter zwischen Diesseits und Jenseits angesehen, weil er die Übergangszeit von Nacht und Tag verkündet. Der krähende Hahn ist dementsprechend der Künder des neuen Bewusstseins und eines Neubeginns. Auch in diesem Märchen verhält es sich so, dass sein gewaltiges Krähen bereits die Wende in seiner eigenen Biographie andeutet, ebenso das Ende der Bedrohung durch die Tiereigner.

Im Mittelalter, als die Angst der Menschen vor Funkenflug in den offenen Feuerstätten ihrer Häuser noch sehr groß war, installierten sie auf ihren Häusern einen roten Hahn. Von ihm erhofften sie sich einen symbolischen Schutz vor Bränden und Blitzschlag. Der Hahn auf dem Dach sollte zugleich vor Dämonen schützen. Auf vielen Kirchtürmen wird er zum Teil heute noch als Wetterhahn installiert. Früher galt er als Blitzableiter.

In der Tierpyramide der Bremer Stadtmusikanten steht er ganz oben und ist mit seinem Hahnenkamm das »gekrönte« Haupt der Tiere. Seine erhobene Stellung symbolisiert die Fernsicht und die Vertreibung der Dämonen, die in Gestalt der Räuber dann auch die Flucht ergreifen wegen des lauten Geschreis der vier Tiere.

So ist er es, der als erster das Licht des Räuberhauses »entdeckt« hat. Das war die Voraussetzung dafür, wenig später das Räuberhaus einnehmen zu können.

3.2 Die Vierergruppe

Damit sind alle vier Tiere vorgestellt, sie bilden ein Team, ein »Rentner-Team«. Sie sind komplett und handlungsfähig. Sie haben ein gemeinsames Ziel, nämlich dem gewaltsamen, unnatürlichen Tod zu entkommen, indem sie eine neue Lebensphase beginnen.

Es fällt auf, dass alle vier Tiere »Schwellentiere« sind, alle repräsentieren den Übergangsbereich vom Diesseits zum Jenseits, von Oberwelt und Unterwelt, von Bewusstsein und Unterbewusstsein.

Wiewohl Tiere eigentlich weder gut noch böse sind, da sie als Bestandteile der Natur ihren Instinkten und Trieben folgen, verkörpern diese Tiere den Gut-Böse-Doppelaspekt. Hier im Märchen haben sie die Aufgabe, mit dem Bösen, dem Dunklen und Unbewussten fertig zu werden und es ins Licht und Heilwerden zu verkehren. Sie sollen das geschehene Unrecht wandeln und ausgleichen. Dies ist nur durch eine intensive Auseinandersetzung möglich.

Obwohl sie alle eigentlich Todeskandidaten sind, sollen sie zurück ins Leben finden und gewissermaßen den Tod überwinden. Das einzelne Tier hätte dies wahrscheinlich nicht geschafft, aber als Vierergruppe können sie mit vereinten Kräften den »Kampf gegen die Todesdrohung« bestehen. Als »Quartett« repräsentieren sie die Ganzheit. Gemeinsam sind sie stark und können ihre jeweiligen Defizite kompensieren.

Auf einer anderen Ebene symbolisieren die Tiere das instinktive Verhalten der Menschen. Aber es handelt sich bei ihnen um gezähmte Tiere, so sind auch ihre Triebe gebändigt. Wenn die Triebe und Instinkte des Menschen eliminiert würden, dann fehlte es ihm an der vitalen Kraft, der Sexualität, der Fähigkeit, sich fortzupflanzen, und es mangelte ihm an Leidenschaft und Kreativität. Der Mensch wäre weder schöpferisch noch lebensfähig. Ist er jedoch Herr seiner Triebe und Instinkte, dann stehen ihm diese Energien zur Verfügung, sie dienen ihm und lassen sich gezielt und zum eigenen Vorteil einsetzen.

4. Die Eroberung des Räuberhauses

(Zeile 47–81)

Sie konnten aber die Stadt Bremen in einem Tag nicht erreichen und kamen abends in einen Wald, wo sie übernachten wollten. Der Esel und der Hund legten sich unter einen großen Baum,
50 *die Katze und der Hahn machten sich in die Äste, der Hahn aber flog bis in die Spitze, wo es am sichersten für ihn war. Ehe er einschlief, sah er sich noch einmal nach allen vier Winden um; da deuchte ihm, er sähe in der Ferne ein Fünkchen brennen, und rief seinen Gesellen zu, es müßte gar nicht weit ein Haus sein; denn*
55 *es scheine ein Licht. Sprach der Esel: »so müssen wir uns aufmachen und noch hingehen; denn hier ist die Herberge schlecht.« Der Hund meinte, ein paar Knochen und etwas Fleisch dran täten ihm auch gut. Also machten sie sich auf den Weg nach der Gegend, wo das Licht war, und sahen es bald heller schim-*
60 *mern, und es ward immer größer, bis sie vor ein hell erleuchtetes Räuberhaus kamen. Der Esel, als der größte, näherte sich dem Fenster und schaute hinein. »Was siehst du, Grauschimmel?« fragte der Hahn. »Was ich sehe?« antwortete der Esel, »einen gedeckten Tisch mit schönem Essen und Trinken, und Räuber*
65 *sitzen daran und lassen's sich wohl sein.« – »Das wäre was für uns«, sprach der Hahn. »Ja, ja, ach, wären wir da!« sagte der Esel. Da ratschlagten die Tiere, wie sie es anfangen müßten, um die Räuber hinaus zu jagen, und fanden endlich ein Mittel. Der Esel mußte sich mit den Vorderfüßen auf das Fenster stellen, der*
70 *Hund auf des Esels Rücken springen, die Katze auf den Hund klettern, und endlich flog der Hahn hinauf und setzte sich der Katze auf den Kopf. Wie das geschehen war, fingen sie auf ein*

Zeichen insgesamt an, ihre Musik zu machen: der Esel schrie,
der Hund bellte, die Katze miaute, und der Hahn krähte; dann
75 *stürzten sie durch das Fenster in die Stube hinein, daß die Schei-*
ben klirrten. Die Räuber fuhren bei dem entsetzlichen Geschrei
in die Höhe, meinten nicht anders, als ein Gespenst käme herein,
und flohen in größter Furcht in den Wald hinaus. Nun setzten
sich die vier Gesellen an den Tisch, nahmen mit dem vorlieb,
80 *was übrig geblieben war, und aßen, als wenn sie vier Wochen*
hungern sollten.

Nachdem sich die vier Stadtmusikanten mit dem Ziel, in Bremen ihre Konzerte zu veranstalten, zusammengefunden haben, ziehen sie ihres Weges. Wie alle Märchenhelden sind sie auf dem Weg, symbolisch gesprochen, auf dem neuen Lebensweg, den sie suchen und finden sollen. Sie haben ein klares Ziel, aber sie werden dort nie ankommen, nicht etwa, weil sie vor dem Erreichen des Ziels sterben, nein, sondern weil sich unterwegs ein Wechsel der Zielrichtung vollzieht. Bremen ist für eine Tagesreise oder einen »Tagesmarsch« zu weit entfernt. Sie hatten wohl auch keine Vorstellung davon, wie lange sie dorthin laufen würden, das kann man den Tieren nicht verübeln. Außerdem sind sie alle vier alt, abgekämpft und erschöpft nach den dramatischen Erlebnissen mit ihren Eignern. Nur Hund und Esel sind gut zu »Fuß«, während die Katze und der Hahn nicht unbedingt weite Strecken zurücklegen können oder mögen. Wer kann es ihnen da verdenken, dass sie abends, als es schon dunkel geworden ist, erst mal eine Übernachtung einplanen. Gut, dass sie gerade einen Wald erreicht haben, der ihnen Schutz bietet, um sich zur Ruhe begeben zu können.

In vielen Märchen gelangen die Märchenhelden in einen Wald. Oft dient er als Zufluchtsort für diejenigen, die eine entscheidende Entwicklung zu machen haben. Der Wald, der mit dem Unbewussten in Verbindung gebracht wird, schirmt zunächst einmal von der übrigen Welt ab, lässt die Märchenhelden zur Ruhe und Besinnung kommen. Dies ist die Voraussetzung für die Einkehr nach innen, wo die Quelle der neuen Ideen und Vorstellungen zu finden ist. Das Eintauchen in die Seelentiefen, um Kräfte zu sammeln für den nächsten Entwicklungsschub, dient als Grundlage für die späteren Herausforderungen.

Jedes Tier sucht sich entsprechend seiner Art und nach seinem Lebensbedürfnis einen Schlafplatz. Hund und Esel lagern sich unter einem Baum, die Katze klettert hinauf, während der Hahn den höchsten Baumgipfel anstrebt. Nachdem sie alle ihren Platz gefunden haben, wollen sie schlafen.

Aber der Hahn lässt besondere Sorgfalt walten, er will keine Gefahr eingehen und sieht sich nach allen vier Himmelsrichtungen um. Von seinem höchsten Gipfel hat er natürlich die beste Übersicht. So wundert es einen nicht, dass der Hahn, der symbolisch ohnehin der »Lichtkünder« ist, als Erster eine Ahnung von dem erleuchteten Haus im Wald bekommt. Er prüft und schaut und gewinnt allmählich Sicherheit und berichtet den anderen drei Tieren von seiner Beobachtung. Die Wahrnehmung dieses Lichts bringt die entscheidende Wende auf dem gerade erst eingeschlagenen Lebensweg. Es erhellt ihre Zukunftspläne und lässt sie davon abrücken, am nächsten Tag weiter nach Bremen zu gehen. Das Leben der Märchenhelden gelangt in ein neues Licht, das ein Symbol ist für Hoffnung, Klarheit und eine positive Lebensveränderung.

Der Esel reagiert als erster darauf und schlägt vor, sich trotz aller Erschöpfung noch dorthin zu begeben, wo sich die Lichtquelle befindet. Er erhofft sich einen bequemeren Ruheplatz, während der Hund von einem Knochen mit Fleisch träumt. Die Katze sagt nichts, wahrscheinlich ist sie viel zu müde. Aber ohne dass sie große Diskussionen anstellen, sind sich alle vier Tiere darüber einig, dass sie untersuchen sollten, was es mit dem erleuchteten Haus auf sich hat. Sie mobilisieren ihre letzten Energiereserven und ziehen weiter. Als sie dort ankommen, weiß der Esel, der

Größte von allen, instinktiv, dass es sich um ein Räuberhaus handelt. Wer sonst sollte wohl mitten im dunklen Wald wohnen? Räuber verkörpern ja ähnlich wie die Hexen einen abgespalteten Teil der menschlichen Gesellschaft. Der Esel sieht durchs Fenster und berichtet den anderen, was er beobachtet. Auf der Erde, d. h. hier auf dem Waldboden, ist es der Esel, der die wichtigsten Einblicke hat, oben vom Baumwipfel aus war es der Hahn. Da alle Tiere wahrscheinlich noch Hunger und Durst von dem weiten Weg haben, läuft ihnen allein schon durch die Schilderung des Esels das Wasser im Maul bzw. Schnabel zusammen. Es steht ein gedeckter Tisch im Haus, der reich beladen ist mit köstlichen Speisen und Getränken. Die Räuber genießen ihre Mahlzeit. Sie ahnen nichts davon, dass sie beobachtet werden. Sie sind ganz unbewusst über ihre Situation. Sie wissen nicht, was sich in den nächsten Minuten abspielen wird. Wie sollten sie auch? Sie fühlen sich sicher, geborgen und vom Wald und der Dunkelheit geschützt. Sie sitzen ganz harmlos da und lassen es sich gut gehen, die Räuber, die sonst alles andere als friedfertige Menschen sind.

Draußen vor dem Fenster beratschlagen die Tiere, wie sie ihr weiteres Vorgehen gestalten sollen. In diesem Verhalten klingt an, wie sie einander als gleichwertig betrachten. Jedes Tier kann seinen Standpunkt einbringen, bis sie eine Lösung gefunden haben. Die Geflohenen werden also mitten im Wald mit denen konfrontiert, die die anderen Menschen meiden. Die Tiere haben sich von den Menschen entfernt, weil sie von ihnen ausgenutzt worden sind, ohne dass man bereit war, ihnen für ihre Lebensarbeit das Gnadenbrot zu gewähren. Sie sind zu Opfern des menschlichen Fehlverhaltens geworden. Indem sich die Räuber von der übrigen menschlichen Gesellschaft abgesetzt haben, um Menschen zu überfallen, auszurauben und ihre Häuser zu plündern, werden sie zu Tätern.

Es treffen zwei sehr unterschiedliche Gruppen aufeinander. Beide Seiten haben entgegen gesetzte Gründe, warum sie mit den Menschen nichts mehr zu tun haben wollen.

Da unseren vier Märchenhelden kaum Mittel zur Verfügung stehen, mit deren Hilfe sie über die Räuber siegen könnten, müssen sie sich etwas einfallen lassen. Wer keine passenden Waffen hat, muss sich mit einer List behelfen.

Zunächst sind alle vier Tiere etwas ratlos, wie sie den Räubern den Garaus machen könnten, denn mit etwas Fauchen, Kratzen, Ausschlagen ist wohl nicht viel gewonnen. Sie müssen sich stellvertretend für die Menschen, vor denen sie geflohen sind, mit dem räuberischen Schatten auseinandersetzen. Die Lösung des Konflikts ist an sie delegiert. Auf einer noch unbewussten Ebene sind sie bereits mit dem räuberischen Prinzip konfrontiert gewesen, als ihre Tiereigner sie so rücksichtslos und herzlos behandelt haben und sie töten wollten, um das Futter für sie einzusparen. Davor sind sie davongelaufen und treffen nun auf die Räuber, die stellvertretend für den Schatten der menschlichen Gesellschaft stehen, für all das, was darin verdrängt und tabuisiert wird. Dieser Schattenanteil hat sich gewissermaßen verselbständigt, abgespalten und existiert fern von der übrigen Gesellschaft im Wald, also im Unbewussten. Das heißt, er ist ihr nicht zugänglich. Aber es ist gefährlich, wenn die Räuber losgelöst von den anderen Menschen leben. Sie repräsentieren negative Energien, Aggressionen und ein großes kriminelles Potential. Was ist schlimm daran, wenn sich diese Kräfte verselbständigen?

Sie fehlen der übrigen Gesellschaft, die auf die beiden Gegenpole Gut und Böse angewiesen ist. Leben vollzieht sich zwischen diesen Polen, alles menschliche Handeln bewegt sich zwischen ihnen. In Goethes »Faust« erfahren wir, dass durch die negative Kraft des Mephistopheles das Gute bewirkt wird. Ist es überhaupt denkbar, dass der Mensch den Weg hin zum Guten finden kann, wenn er um das Böse nicht weiß und es nicht kennt? Vermutlich nein, denn hier auf Erden leben wir nicht schon im Paradies. Unsere menschliche Psyche ist geprägt von diesen Polaritäten, zwischen denen wir uns hin- und herbewegen und uns ausbalancieren müssen.

Also müssen die »guten«, »fleißigen« Tiere stellvertretend für den Menschen die Aufgabe übernehmen, den abgespalteten negativen Teil der menschlichen Gesellschaft aus dem Bereich der Unbewusstheit zu vertreiben und dem Bewusstsein wieder hinzuzufügen. Die Gesellschaft muss den Schattenanteil als einen solchen erkennen, ihn »beleuchten« und sich diesen ins Bewusstsein heben. Im Wechselspiel von Bewusstsein und Unterbewusstsein entsteht geistige Lebendigkeit, Schöpferkraft und Kreativität.

Dieser Austausch muss wieder hergestellt werden. Deswegen haben unsere Tierhelden anstelle des Menschen diese Konfrontation auszutragen. Sie machen es »schlau« und »listig«. Sie überlegen sich, dass sie in Gestalt einer »Pyramide« mit breiter Basis und kleiner Spitze die Räuber erschrecken können. Aber nicht die Formgestalt würde genügen, um diese zu verjagen, es muss noch etwas hinzukommen: die Musik.

Musik beinhaltet eine Form von Kommunikation, die weltweit verstanden wird. Seit alters her hat sie die Funktion, Geister und Dämonen zu vertreiben. Ursprünglich wurde Musik zu kultischen Zwecken gespielt. Man glaubte, sie hätte eine übernatürliche Kraft, weil man annahm, dass sie göttlichen Ursprungs wäre. Die moderne Wissenschaft weiß inzwischen, dass harmonische Musik sogar eine positive Wirkung auf das Wachstum von Pflanzen hat und das Verhalten der Tiere günstig beeinflusst. Kühe geben zum Beipiel bei Mozartmusik mehr Milch. Bei depressiv veranlagten Menschen wirken Mozart-Klänge gemütsaufhellend. Die Form von tierischer Musik, wie sie hier im Märchen geboten wird, dient natürlich als Abschreckung.

Unsere vier Märchenhelden beschließen, eine Pyramide zu bilden, der Esel steht zu unterst, darauf der Hund, auf ihm die Katze und zu oberst der Hahn. Damit war die Reihenfolge festgelegt. Der Esel stellte seine Vorderfüße ins Fenster, und dann begannen sie zur gleichen Zeit, ihre Musik zu machen. Sie iahten, bellten, miauten und krähten aus voller Kraft und stürzten sich zum Fenster in die Räuberstube hinein, so dass die Scheiben klirrten. Das Schauspiel musste voll gelungen sein, denn die Pyramide samt der Musik wirkten so stark, dass die Räuber diese Erscheinung im Dämmerlicht für ein Gespenst hielten. Die Verblüffung war immens. Ein solches Spektakel hatte die Welt bis dahin noch nicht erlebt.

Nur der *gemeinsame* Kampf, die Kooperation, die listige Strategie und die zielgerechte Ausführung brachten ihnen die Erstürmung des Räuberhauses ein. Der Zuhörer bzw. Leser genießt mit den Tierhelden diesen Erfolg.

5. Die Räuber

(Zeile 82–114)

Wie die vier Spielleute fertig waren, löschten sie das Licht aus und suchten sich eine Schlafstätte, jeder nach seiner Natur und Bequemlichkeit. Der Esel legte sich auf den Mist, der Hund
85 *hinter die Türe, die Katze auf den Herd bei die warme Asche, und der Hahn setzte sich auf den Hahnenbalken: und weil sie müde waren von ihrem langen Weg, schliefen sie auch bald ein. Als Mitternacht vorbei war, und die Räuber von weitem sahen, daß kein Licht mehr im Haus brannte, auch alles ruhig*
90 *schien, sprach der Hauptmann: »wir hätten uns doch nicht sollen ins Bockshorn jagen lassen«, und hieß einen hingehen und das Haus untersuchen. Der Abgeschickte fand alles still, ging in die Küche, ein Licht anzuzünden, und weil er die glühenden, feurigen Augen der Katze für lebendige Kohlen ansah, hielt er ein*
95 *Schwefelhölzchen daran, daß es Feuer fangen sollte. Aber die Katze verstand keinen Spaß, sprang ihm ins Gesicht, spie und kratzte. Da erschrak er gewaltig, lief und wollte zur Hintertüre hinaus, aber der Hund, der da lag, sprang auf und biß ihn ins Bein: und als er über den Hof an dem Mist vorbei rannte, gab*
100 *ihm der Esel noch einen tüchtigen Schlag mit dem Hinterfuß; der Hahn aber, der vom Lärmen aus dem Schlaf geweckt und munter geworden war, rief vom Balken herab: »kikeriki!« Da lief der Räuber, was er konnte, zu seinem Hauptmann zurück und sprach: »ach, in dem Haus sitzt eine greuliche Hexe, die*
105 *hat mich angehaucht und mit ihren langen Fingern mir das Gesicht zerkratzt: und vor der Türe steht ein Mann mit einem Messer, der hat mich ins Bein gestochen: und auf dem Hof liegt*

*ein schwarzes Ungetüm, das hat mit einer Holzkeule auf mich
losgeschlagen: und oben auf dem Dache, da sitzt der Richter,*
110 *der rief: »bringt mir den Schelm her!« Da machte ich, daß ich
fortkam.« Von nun an getrauten sich die Räuber nicht weiter
in das Haus, den vier Bremer Musikanten gefiel's aber so wohl
darin, daß sie nicht wieder heraus wollten. Und der das zuletzt
erzählt hat, dem ist der Mund noch warm.*

Die »tierische« Offensive ist gelungen. Mit potenzierter Gruppenenergie, indem sie aus Leibeskräften sich alle ihre Not und Bedrängnis von ihrer »Tierseele« geschrien haben, haben sich die Märchenhelden ihren künftigen Platz im Leben erobert. Ihr Erfolg beruhte auf der Bündelung ihrer Energien, dem Überraschungseffekt und ihrer Kooperationsfähigkeit. Mit »Musik« vertreibt man eben »böse Geister«. Die Räuber, die diese tierische Veranstaltung für das Werk eines Gespenstes halten, ergreifen vollkommen konsterniert die Flucht. Sie sind erschrocken, verängstigt und verunsichert. Sie unterliegen einer reinen Reflexhandlung und sind in der Eile, wie sie das Haus verlassen, nicht in der Lage zu analysieren und zu deuten, was tatsächlich vorgefallen ist. Darauf beruht das Glück unserer Tierhelden, denn ohne dieses kommt man meist auch nicht zum Ziel.

Nun können sich die Tiere im Haus einrichten. Wenn man bedenkt, welche Anstrengungen sie auf sich geladen und was sie alles erlebt haben, wird es höchste Zeit, dass sie ihre Nachtruhe bekommen. Die einzelnen Tiere verhalten sich entsprechend ihrer Art. Nachdem sie alle reichlich satt geworden sind, suchen sie sich ihre Schlafplätze: der Esel auf dem Mist, der Hund an der Tür, die Katze auf dem noch warmen Herd und der Hahn auf dem Hahnenbalken. Endlich sind sie alle zufrieden, todmüde und glücklich über die neue Bleibe und getrost bezüglich der nächsten Zukunft. Sie haben sich ein »kleines Paradies« erobert. Sie haben ein Dach über dem Kopf und manche Vorräte im Haus. Ihre neue

Lebensgemeinschaft verleiht ihnen im »Wir-Gefühl« Geborgenheit. Von nun an können sie sich ihr Leben nach ihren eigenen Bedürfnissen einrichten und endlich frei sein. Denn sie müssen sich nicht mehr als »Sklaven« verdingen. Allmählich werden sie sich erholen und wieder zu Kräften kommen. So haben sie die Chance, noch manches gute Lebensjahr dort zu verbringen.

Der Hörer/Leser des Märchens atmet auf. Endlich ist das eingetreten, was man den Tieren schon längst gegönnt hat. Gibt es also doch so etwas wie eine »ausgleichende« Gerechtigkeit? Oft suchen wir nach ihr vergeblich, aber das Märchen enttäuscht uns diesbezüglich nicht. Wenigstens hier gibt es sie. Wie weit ist es her mit unserer Gerechtigkeit? Alle politischen Parteien fordern sie – und wie handeln sie? Selbst ein demokratischer Staat, der sich die Rechtsstaatlichkeit auf die Fahnen geschrieben hat, tut sich ausgesprochen schwer damit, den Bürgern Gerechtigkeit widerfahren zu lassen.

Es scheint uns Menschen unendlich schwerzufallen, einander »gerecht« zu werden, weil wir die Situationen meist zu subjektiv beurteilen, zu egoistisch sind und zu sehr den eigenen Vorteil im Auge haben. Mit dieser Verhaltenseinschätzung sind wir zugleich bei der Einschätzung der Tiereigner angelangt. Wären sie gegenüber ihren Haustieren fair und gerecht gewesen, hätten sie ihnen das Gnadenbrot gewähren müssen. Nun erhalten die Tierhelden es dank der Räubervertreibung, also aufgrund der *eigenen* Initiative, des eigenen Einsatzes und Kampfes.

Aber die selbsterworbene »Gerechtigkeit« der Tiere basiert auf einem Schwachpunkt, denn sie haben die Räuber *verjagt*. Sie haben ihnen das genommen, was ihnen wahrscheinlich auch nicht gehört, sondern was sie sich auf illegale Weise angeeignet haben. Das Märchen schweigt darüber, auf welche Weise sie dieses Waldhaus erworben haben. Vielleicht wohnte einst ein Köhler oder Holzfäller darin oder eine Hexe? Da wir darauf keine Antwort erhalten, ist dieser Aspekt für den Gang der Handlung nicht so entscheidend, denn das Märchen hätte hier enden können, nachdem die Tierhelden eine Bleibe gefunden und die Räuber verjagt haben.

Warum geschieht das nicht? Fast nie erlangen die Märchenhelden gleich nach einem ersten Erfolg ihr endgültiges Ziel. Warum ist das so? Zum einen wohl deshalb, weil das, was der Held mit geringem Aufwand erreicht hat, noch keine Garantie dafür bietet, dass er es auch halten und behalten kann. Es fehlt die Probe aufs Exempel. Dabei verhält es sich ähnlich wie mit dem, was wir ererbt haben. Solange wir es uns nicht wirklich durch mühevollen Einsatz und eigene Anstrengung »erworben« haben, ist es noch nicht wirklich unser Eigentum.

Die Räuber, die zunächst nur um ihr nacktes Leben geflohen sind, kommen nach einiger Zeit zur Besinnung und fragen sich, warum sie sich so schnell haben vertreiben lassen. Diese Frage stellt sich wohl immer, wenn man sich erst einmal reflexartig in Sicherheit gebracht hat. Vor allem den Räuberhauptmann wundert es im nachhinein, ob es richtig war, sich verjagen zu lassen, oder ob sie nur einem Irrtum aufgelaufen sind. Der Anführer der Gruppe erlangt als erster seine Vernunft zurück.

Was war denn eigentlich geschehen?

Als Räuberhauptmann verfügt er über eine Reihe von Fähigkeiten, die bei den Kumpanen sicher nicht im selben Maß vorhanden sind. Er ist der »Kopf« der Gruppe, er plant, organisiert die Überfälle und Raubzüge, er besitzt Geschicklichkeit, Schlauheit, ein gutes Reaktionsvermögen, Härte und Kalkül.

Warum geht er nicht selbst zum Haus zurück, um zu prüfen, was es mit dem nächtlichen Überfall auf sich hatte? Stattdessen schickt er einen Abgesandten. Hat der Räuberhauptmann Angst? Oder möchte er seine Gruppe davor bewahren, sie ohne Führung zurückzulassen, falls ihm etwas zustieße? Oder ist er ein solcher Egoist, der um jeden Preis seine Haut retten will?

Vor Ängsten wird auch er nicht gefeit gewesen sein, vor allem, weil er überhaupt nicht einzuschätzen vermag, was sich tatsächlich ereignet hat. Nur eines weiß er mit Sicherheit: Dergleichen ist ihm noch nie widerfahren. Das Unbekannte, Fremde und Plötzliche hat ihn irritiert und überrumpelt. Der Räuberhauptmann hat keine klaren Anhaltspunkte für eine angemessene Einschätzung der Geschehnisse. Deshalb will er sich nicht blamieren und schickt lieber einen »einfachen« Räuber zurück. Zwar hat der geringere Chancen, die Lage *richtig*, d. h. realistisch zu beurteilen, aber dann braucht sich der Räuberhauptmann keine Blöße zu geben. Wenn das der Fall wäre, würde er seine Führungsrolle verlieren. Außerdem ist es dunkel. Bei Nacht ist es umso schwieriger, die Situation genau zu erfassen.

Also schickt der Räuberhauptmann seinen Untergebenen zurück zu »ihrem« Haus. Doch dieser ist noch nicht wieder im Vollbesitz seiner Geisteskräfte. Sein Adrenalinspiegel dürfte noch erhöht sein. Wer von lauter Ängsten blockiert ist, vermag keinen klaren Gedanken zu fassen. Seine Wahrnehmung und sein Urteilsvermögen sind eingeschränkt und werden von belastenden Emotionen überlagert. Starke Emotionen lassen sich kaum steuern und beherrschen.

Unsere Tierhelden haben großes Glück, dass gerade ein solcher Räuber ins Haus geschickt wird, der so befangen und fixiert ist, dass ihm kein sachgerechtes, objektives Erfassen und Beurteilen der Lage möglich ist. Denn er ist ein »Opfer« seiner aufgewühlten Gefühle. Aufgrund seiner vorgefassten Emotionalität gelangt er zu verschiedenen Fehleinschätzungen. Die vollkommene Dunkelheit der Nacht lässt ihn herumtappen, nach Streichhölzern suchen, um ein Licht anzuzünden.

Wie gut ist es, dass zu dem Vierergespann eine Katze gehört, die zudem auf dem warmen Ofen Platz genommen hat. Der Räuber hält ihre im Dunkeln leuchtenden Augen für glühende Kohlen und hält ein Schwefelhölzchen daran.

Da hört für die Katze aller Spaß auf, und nun lässt sie ihre Raubtierfähigkeit voll zum Zuge kommen. Sie fährt ihre Krallen aus, springt ihm ins Gesicht, faucht und kratzt, so gut sie es nur vermag. Von ihrem hohen Alter ist nichts mehr zu spüren. Ihre

Reaktionen sind so schnell, so gezielt und so heftig, dass der Räuber, der ja ohnehin von Ängsten vorbelastet war, sich enorm erschreckt und von großer Panik erfasst wird.

An diesem Beispiel wird sehr gut deutlich, dass der Mensch am ehesten das bestätigt bekommt, was er erwartet. Der Räuber war innerlich auf ein gefährliches Ereignis »vorprogrammiert«, denn er hatte das vorangegangene Erlebnis mit dem vermeintlichen Gespenst noch nicht verarbeitet. Es saß ihm in den Knochen. Also befürchtete er, es könnte sich noch einmal etwas Ähnliches wiederholen.

Wer schon einmal den Pfotenhieb einer Katze mit ausgefahrenen Krallen erlebt hat, besonders, wenn dieser durch das Gesicht ging, der weiß, welche Schmerzen ihm das zugefügt hat. Eine gereizte Katze vermag außerordentlich aggressiv, kämpferisch und schnell zu reagieren. Zudem ist sie es gewohnt, als Einzelkämpferin zu agieren. Da sie bei Dunkelheit sehen kann, ist sie dem Räuber in dieser Situation diesbezüglich überlegen. In der Katze, dem Mini-Raubtier, begegnet der Räuber dem Spiegelbild seiner Räubernatur. Er wird mit dem konfrontiert, was er sonst seinen Opfern zufügt, nämlich einem brutalen, aggressiven Überfall.

Was die Katze ihm hier vorführt, entspricht auf symbolischer Ebene dem weiblichen Schatten, weil die Katze das einzige weibliche Tier der Vierergruppe ist. Insofern ist es gut verständlich, dass der Räuber seinem Hauptmann später von der Begegnung mit einer Hexe berichtet. Nicht nur, dass die Katze im Mittelalter mit der Hexe in Verbindung gebracht wurde, sondern weil diese eben auch *jenen* negativen Teil von Weiblichkeit verkörpert. Hexe und Räuber repräsentieren jeweils den abgespaltenen weiblichen Anteil bzw. den destruktiven männlichen Anteil. Diese beiden Aspekte entsprechen einander. Es findet hier die individuelle »Abrechnung« der Katze statt, denn sie konfrontiert den Räuber mit dem verdrängten weiblichen Teil, und zwar ihn persönlich, aber auch ihn als Repräsentanten der Räubergruppe. In dieser Situation ist die Katze, wenn sie ihre Haut und die neue Bleibe retten will, gezwungen, diese andere Seite ihres Wesens zum Zuge kommen zu lassen.

Gegenüber dem Hauptmann dämonisiert er diese Begegnung als vermeintliches Hexenerlebnis und verstärkt so die Intensität der Aussage. Denn Hexen sind das negative Muttersymbol. Sie verkörpern das Zerstörerische des Weiblichen, das Bedrohliche und symbolisieren in sexueller Hinsicht die verzehrende Leidenschaft. Da der Räuber seine positiven weiblichen Anteile so sehr verdrängt hat – sonst könnte er wohl kein Räuber sein – muss er sich hier ganz konkret mit seinem Schatten auseinandersetzen. Ob er in Zukunft dies als einen Lernprozess verstehen wird, kann aber wohl bezweifelt werden.

Dennoch, die Katze hat ihren Part im Kampf mit dem abgesandten Räuber meisterhaft gespielt und sich als Repräsentantin der Raubtiere große Ehre erworben. Sie hat gekratzt, gefaucht und gespuckt, so dass der Räuber nur noch blindlings das Weite sucht.

Danach rennt der Räuber so schnell er kann davon, ohne zu ahnen, welche weiteren Hindernisse sich ihm in den Weg stellen. Als er zur Hintertür hinaus will, springt ihn der Hund an und beißt ihn ins Bein, und zwar so scharf, dass der Räuber den Biss wie einen Messerstich erlebt. Indem er diesen aggressiven, entschlossenen, überfallartigen Angriff erleidet, wird der Räuber zum zweiten Mal mit dem Raubtierhaften konfrontiert. In dieser direkten Abfolge, der Plötzlichkeit und bei vollkommener Dunkelheit potenzieren sich die Eindrücke. Er hat keinen Durchblick mehr und keine Erkenntnis darüber, was hier vor sich geht. So wird dieses Erlebnis unbewusst und fehlinterpretiert bleiben. Der Hund wird im Bewusstsein des Räubers als der »Mann mit dem Messer« abgespeichert (in Erinnerung) bleiben.

An diesen Beispielen führt uns das Märchen vor Augen, wie leicht wir einer vorgefassten Meinung oder Vorstellung auf den Leim gehen und »Opfer« von alten Mustern werden, die wir nicht mittels unserer Ratio überprüft, analysiert und unserem kritischen

Bewusstsein unterzogen haben. Bei ruhigem Überlegen und sachlicher Beurteilung hätte der Räuber vermutlich herausfinden können, dass er die Dinge »nicht richtig gesehen« hat.

So wundert es einen nicht mehr, dass er auch den Schlag mit dem Hinterfuß des Esels für den Schlag mit einer Holzkeule hält. Dies ist zwar der letzte »Schlag«, den der Räuber von den Tieren einstecken muss, aber da hat sich bei ihm die negative Erfahrung schon so tief eingeprägt, dass er gar nichts anderes mehr denken kann, als dass er von einem Ungetüm angegriffen worden sei. Zu allem Überdruss ist der Hahn von dem Durcheinander aus dem Schlaf gerissen worden. Er fängt zu schreien an. Auch sein »Kikeriki« missversteht der Räuber, weil er in viele Raubüberfälle verstrickt ist, sich ertappt fühlt und deshalb ein schlechtes Gewissen hat. Er versteht: »Bringt mir den Schelm her!«

Die Voreingenommenheit, Ängste und eine Erwartungshaltung, die auf Bestrafung für sein kriminelles Handeln ausgerichtet ist, führen dazu, dass der Räuber das Weite sucht und den Hahn für einen Richter hält. Er ist emotional so belastet aufgrund der Verkettung dieser Erfahrungen und körperlich so verletzt, dass er diese Eindrücke seinem Vorgesetzten, dem Hauptmann, eindringlich und nachhaltig vermitteln kann. Zudem hat er sichtbare Beweise – seine Verletzungen – vorzuzeigen. Auf diese Weise kommt von der Räubergruppe niemand mehr auf die Idee, das Haus je wieder zurückzuerobern.

Die vier Märchenhelden haben auf der ganzen Linie Erfolg, denn sie haben das erreicht, was sie unbedingt erreichen wollten. Nun können sie das Räuberhaus bis zu ihrem natürlichen Tod bewohnen und ihr Leben darin genießen.

Der Erfolg, den sie erlangt haben, beruht darauf, dass jedes Tier als Einzelwesen und gemäß seiner Eigenart dazu beigetragen hat, was es nur konnte. Die Raubtiere haben sich zum Beipiel durch Beißen, Fauchen und Kratzen zur Wehr gesetzt, der Esel, das Herdentier, vermochte nur mit dem Huf zu schlagen und der

Hahn zu krähen. Insgesamt war es ihre wirkungsvolle Teamarbeit, an der sich jeder auf seine Weise an der Vertreibung der Räuber beteiligt hat. Dabei kann man von der Optimierung ihres Einsatzes sprechen.

Hinzu kam die Dunkelheit, die alles Geschehen »undurchschaubar«, unklar und undurchsichtig machte. Den Räubern blieb alles »unbewusst«. Auch in Zukunft werden sie nicht dahintergekommen sein, was sich tatsächlich abgespielt hat. Dass sie, diese Gerissenen, Rücksichtslosen, Egoisten, nun selber Opfer ihrer sonstigen Überrumpelungstaktik geworden sind, werden sie nie erfahren. Sie werden sich eine andere Bleibe beschaffen. Da ihnen all dieses Erleben unbewusst bleibt, werden sie ihr Leben auch nicht in neue Bahnen lenken. Dies ist zu bedauern, weil sie durch die tierischen Herausforderer eine schicksalhafte Gelegenheit erhalten haben, über den Sinn und Zweck ihres kriminellen Handelns erneut nachzudenken und eine Kehrtwende vorzunehmen. Aber kein Märchenheld – und kein Mensch – wird sich je ändern, wenn er es nicht *will*. So bleibt auch für viele Menschen oft alles beim Gleichen, weil sie nichts ändern »*wollen*«. Dieses Verhalten liegt dann in ihrer eigenen Verantwortung.

Die Tiere hingegen haben enorme Veränderungen erlebt – und diese nicht nur im äußerlich sichtbaren Bereich, sondern auch in ihrem Inneren. Sie haben ihre Fähigkeiten unter Beweis gestellt und eine Höchstleistung vollbracht. Sie haben als Gruppe wunderbar kooperiert und ein gemeinsames Ziel verfolgt, nämlich sich das Leben bis zu einem natürlichen Tod zu erhalten. Sie haben alle ihre Kräfte mobilisiert und ihren natürlichen Aggressionstrieb reaktiviert. Dadurch haben sie sich aus der Opferrolle befreit. Indem sie ihren eigenen »Gruppenschatten« ausgelebt haben, verfügen sie nun wieder über Energien, die verdrängt waren. Bei ihrem Angriff haben sie eine erstaunliche Reaktionsfähigkeit und Flexibilität gezeigt. Mit dieser Tat haben sie sich selbst bewiesen, wie richtig es war, ihre »alten« Verhältnisse hinter sich gelassen und sich auf vollkommen andere Lebensbedingungen eingelassen zu haben.

5.1 Die Bedeutung der Räuber im Märchen

Wenn in einem Märchen von Räubern die Rede ist, lösen diese beim Leser bzw. Hörer meist eine ambivalente Vorstellung aus, d. h. sie werden ebenso bewundert wie sie abgelehnt werden.

Auf der mythologischen Ebene werden die Räuber von dem griechischen Gott Hermes repräsentiert, dem Gott der Diebe, Wanderer und Kaufleute. Er selber war ein Meisterdieb, weil er schon kurz nach seiner Geburt seinem Bruder, dem Gott Apollon, die Rinderherde stahl, ohne dass dieser es bemerkt hätte. Als Götterbote verband Hermes den Himmel mit der Erde und als Totenbegleiter die Erde wiederum mit der Unterwelt. Durch seine Vermittlerrolle wollte er aufzeigen, dass die Ober- und Unterwelt in einer Beziehung zueinander stehen, und dass sich das Leben dadurch in einem ständigen Prozess der Veränderung und Wandlung vollzieht. Dies ist auch ein grundsätzliches Märchenthema.

Die Räuber im Märchen repräsentieren verbrecherische Menschen, die sich skrupellos über alle möglichen Regeln, Gesetze, Normen und Verbote hinwegsetzen, um ihre Bedürfnisse und Egoismen zu befriedigen. Sie machen sich gewöhnlich kein schlechtes Gewissen um ihr illegales Handeln und das Überschreiten der Rechtmäßigkeiten. Sie wollen frei sein von gesellschaftlichen Einschränkungen und von sozialen Bindungen. Sie genießen ihre Unabhängigkeit, ohne sich oder anderen dafür Rechenschaft geben zu wollen. Im äußersten Fall werden sie brutal und rücksichtslos. Aber wichtiger ist ihnen normalerweise das Ansammeln von Diebesgütern. Sie wollen haben, viel haben, es geht ihnen nicht nur um das Lebensnotwendige. Die hemmungslose Habgier gehört neben dem Geiz, der Wollust, der Völlerei, der Trägheit, dem Stolz und der Eifersucht zu den sieben Todsünden. Sie enthält eine Suchtthematik. Wenn das Anhäufen von Besitz wie bei einem Spieler ins Grenzenlose geht und kein Maß mehr kennt, wird der Mensch von der Gier beherrscht und ist nicht mehr Herr dieser Begierde. Im extremsten Fall kann sich Habgier bis zur Besessenheit steigern, die wie ein dämonischer Zwang nicht mehr zu kontrollieren ist.

Die Räuber in diesem Märchen wirken nicht so zwanghaft. Wir kennen allerdings ihre Vorgeschichte nicht. Deshalb können wir sie nur soweit beurteilen, wie sie als Handlungsträger tätig sind. Wir wissen, dass diese Räuber in einer Gemeinschaft zusammenleben, in einem Schutz- und Trutzbündnis, das von einem Räuberhauptmann, dem »Kopf« der Gruppe, angeführt wird. Dieser repräsentiert auf einer psychischen Ebene den »räuberischen Schatten« am stärksten, weil er der Räuber »par excellence« ist. Er ist ein Trickser, ist listig, ideenreich und, wenn es sein muss, äußerst brutal. Aber außerhalb der Gruppe fehlt es Räubern gewöhnlich an sozialen Beziehungen. Von der Gesellschaft sind sie meist ausgeschlossen.

Die Räuberthematik enthält das Problem, dass jemand seine Egoismen hochgradig befriedigen will. Er tut dies ohne irgendwelche Rücksichtnahmen auf Kosten anderer. Dabei geht es vorrangig um materielle Güter, ohne dass der einzelne Räuber selbst dafür den entsprechenden Leistungseinsatz erbringen will. Das ist ein parasitäres Verhalten, bei dem er gewöhnlich weder Gewissensbisse empfindet noch Reue. Dieses räuberische Prinzip ist es, das ein aggressives und destruktives Potential beinhaltet, weil es auf Ausbeutung beruht, vor dem der Leser/Hörer des Märchens dennoch einen gewissen Respekt hat. Denn schließlich gehören dazu neben viel Unverfrorenheit auch Mut und die Fähigkeit, sich über Grenzen hinwegzusetzen, Risiken einzugehen, Verbotenes zu wagen, ohne vor Ängsten zu vergehen.

Vor allem sehr streng erzogene Kinder, die zudem ängstliche Naturen sind, aber auch entsprechende Erwachsene, sympathisieren durchaus mit den Räubern, weil diese stellvertretend für alle Mutlosen sich Freiheiten herausnehmen, wozu andere sich nicht trauen, weil sie sich das nehmen, was sie haben wollen. Sie befriedigen ihre materiellen Bedürfnisse, setzen sich über Gesetze und gesellschaftliche Normen hinweg, wozu die »normalen« Leute nicht in der Lage wären. Sie fühlen sich an keinerlei Konventionen gebunden. Es ist vielleicht nicht unbedingt so, dass jemand in der Sache mit den Räubern übereinstimmt, wohl aber darin, dass Ängstlichkeiten über Bord geworfen werden. Ihr Handeln wird zeitweilig wie eine »seelische Reinigung« erlebt, weil die Räuber gegen manche gesellschaftliche Festlegung, manche Norm, Absprachen etc. verstoßen. Das lässt sie überall dort Beifall erheischen, wo der Mensch etwas als zu festgelegt, eng, kleinkariert, spießbürgerlich oder als Schikane erlebt.

Für Kinder kann sich dies schon auf zu feste Ordnungs- und Sauberkeitsprinzipien beziehen. Wenn sie sich diesbezüglich eingeengt erleben, dann genießen sie schon allein die »fetzige« Aufmachung der Räuber, ihr ungepflegtes Äußeres, die plünnigen Kleidungsstücke, kurz ihr »Räuberzivil«. Auch der raubeinige Umgang der Räuber untereinander mag sie beeindrucken. Sie können auf die Räuber alle Schlechtigkeiten projizieren, die ihnen einfallen. Das entlastet sie, gewährleistet ihnen ungewohnte Freiheiten und tut ihnen deshalb gut. Aber Vorsicht, es ist ein Fakt, dass Räuber von der Illegalität leben. Sie sind rücksichtslose Gesetzesbrecher, eben Kriminelle.

Wenn wir uns auf der Märchenebene mit den Räubern auseinandersetzen, so ist dies eine Begegnung mit unserem eigenen Räuberschatten. Wir haben diese Anteile in uns. Mehr oder weniger sind sie in jedem von uns. Und weil diese Räuberschatten Bestandteile unseres Inneren sind, ist es wichtig, dass wir sie uns genau ansehen und sie nicht etwa tabuisieren. Was wir verdrängen, kehrt in geballter Form zu uns zurück und ist dann meist nicht mehr zu beherrschen. Wenn uns aber diese destruktiven Kräfte bewusst werden, wenn wir sie sogar zulassen, d. h. es uns erlauben, unsere »eigenen« Räuber zu beherbergen, dann können wir sie uns sogar zunutze machen. Wir können diese räuberischen Aspekte *entzaubern*. Wo deckeln wir uns selber zu sehr, ohne dass es in dem Maß nötig wäre? Wo verzichten wir auf Freiheiten, obwohl niemand darunter zu leiden hätte, wenn wir sie uns nähmen? Wo erfüllen wir uns aus falscher Rücksicht auf andere manchen Wunsch nicht, obwohl es uns dabei besser ginge? Wo lassen wir uns fremd bestimmen, obwohl wir darunter leiden? Wo lassen wir uns ausnutzen, ohne dem anderen Grenzen aufzuzeigen? Wo haben wir übertriebene Ängste, uns auch einmal auf ein Risiko einzulassen?

Überall dort, wo wir uns zu sehr disziplinieren, ohne dass es irgendjemandem sonst nützt, da beuten wir unsere Energien aus, ohne einen sinnvollen Gewinn davon zu haben. Um wie viel kreativer könnten wir sein, wenn wir uns unsere Trickser-Fähigkeiten eingestehen könnten, und sie mitunter zuließen. Um wie viel vitaler wären wir, wenn wir den Mut hätten, unsere Aggressionen genau dort herauszulassen, wo sie angebracht wären? Wenn wir uns wehrten, wo dies berechtigt ist, ginge es uns besser. Statt nur immer einzustecken, sollten wir lernen, im Notfall auch einmal auszuteilen. Dann könnten wir unsere Seele entlasten. Wenn wir uns anpassen, ohne dass es dringend erforderlich wäre, nur weil wir glauben, auf diese Weise mehr geliebt zu werden, statt unsere eigenen Bedürfnisse anzumelden, haben wir noch nicht gelernt, unseren Räuberschatten anzunehmen und ihn zu integrieren. Je weniger wir ihn integriert haben, desto schwächer sind wir. Das kann gesundheitliche Einbußen zur Folge haben.

Was nicht gemeint ist, soll auch gesagt werden. Wir sollen nicht etwa den Räubern nacheifern. Hingegen sollen wir lernen, uns als Wesen zu begreifen, die Gut und Böse gleichermaßen in sich tragen, und sollen diese widerstreitenden Kräfte miteinander in Einklang bringen. Es geht um die innere Ausbalancierung dieser Energien, nicht um die Vorherrschaft der einen über die andere und umgekehrt.

Im Märchen geht es um das Ganzwerden, was uns nur gelingen

kann, wenn wir den Mut aufbringen, dorthin zu sehen, wo unsere verdrängten, versteckten räuberischen Potentiale liegen. Diese anzusehen, sie als solche anzuerkennen, uns ihrer bewusst zu werden, nimmt ihnen schon viel von ihrer Gefährlichkeit. Wenn wir um sie wissen, können wir sie in unser Denken, Handeln und Fühlen einbeziehen. Sie sind dann nicht mehr unkalkulierbar. Wenn wir sie als »berechenbar« erleben, können wir lernen mit ihnen umzugehen. Wir tragen auch für die dunklen Seiten unserer Persönlichkeit die Verantwortung. Damit wäre ein wesentlicher Lernprozess gemacht. Das Zulassen der räuberischen Anteile erweitert unser Bewusstsein und trägt zur Selbsterkenntnis bei. Je besser sich der einzelne Mensch kennengelernt hat, desto zielgerichteter und erfolgreicher vermag er seine Persönlichkeit einzubringen. Er ist dadurch leistungsfähiger. Das tut ihm wiederum wohl, er fühlt sich wertvoller. Das wäre ein Stück Selbstgesundung durch Selbstachtung.

Sogar bei Kindern findet auf einer vorbewussten Stufe eine Auseinandersetzung mit dem Bösen statt, mit dem Verbotenen, dem Destruktiven, wenn ihnen im Märchen Räuber begegnen. So bewundern sie mitunter das illegale, verbrecherische Handeln der Räuber, ohne sich des kriminellen Potentials voll bewusst zu sein. Es verleiht ihnen geistige Freiheiten und regt ihre Fantasie an. Wenn sie älter sind, können sie auf diese Vor-Erfahrung zurückgreifen. Das Wissen steht ihnen – zwar nur unterschwellig – zur Verfügung, aber es ist gut so, weil der »Räuberschatten« dann nicht verdrängt ist. Zunächst ist er weder gut noch böse, er ist nur da. Darauf kann zu einem späteren Zeitpunkt im Leben zurückgegriffen werden. Wenn sich die Stimme des Gewissens stärker ausgebildet hat, lässt sich zwischen den beiden Polen klarer unterscheiden und schließlich das richtige Maß finden. Dann lernt der Mensch, damit sinnvoll umzugehen.

6. Die neue Lebensphase der Tiere

Am Ende des Märchens haben es die Tiere geschafft, sich ihr Leben neu einzurichten. Sie haben zunächst nur ihre »nackte Haut« bzw. ihr Fell und ihre Federn gerettet und ihren Eignern den Rücken gekehrt. Sie haben sich zu einer Quaternität formiert und Musik nach ihrem Verständnis gemacht. Sie haben gekämpft wie die Löwen und sich ein Haus erobert, das ihnen zwar nicht gehört, aber nachdem sie die Räuber endgültig vertrieben haben, werden sie darin bis zum Ende ihrer Tage leben. Jedes Tier wird sich selbst versorgen müssen, und zugleich werden sie als Gruppe eine gewisse Sicherheit empfinden. Sie werden ihre freundschaftlichen Kontakte pflegen und sie vertiefen. Ihr gegenseitiges Vertrauensverhältnis wird sie stärken. In ihrer neuen Geborgenheit werden sie sich heimisch fühlen. Der Hund wird das Haus bewachen, der Hahn wird jeden unliebsamen Besucher rechtzeitig ankündigen und die Katze wird nicht nur die Mäuse in Schach halten, sondern auch für eine gemütliche und entspannte Atmosphäre sorgen. Der Esel wird auch in Zukunft seine wertvollen Ideen einbringen und die Gruppe leiten. Da der Einsatz der Tiere und das gemeinsame Vorgehen so erfolgreich zu Ende gegangen ist, werden sie in ihrer Gruppe so etwas wie einen »Familienersatz« erleben. Sie haben sich auf ein neues, emotionales Beziehungsgeflecht eingelassen. Zwar ist von jeder Tierart nur ein Tier vertreten, aber sie können nun so zusammenleben, wie es ihren individuellen Vorstellungen entspricht. Mit der Zeit werden sie ihre sehr unterschiedlichen Charaktere, ihren Facettenreichtum und Gepflogenheiten näher kennenlernen. Sie gehören zusammen und sind Verbündete, weil sie eine wesentliche gemeinsame Erfahrung miteinander gemacht haben, auch wenn sie so sehr verschieden sind. Sie wollen vor allem leben und frei sein. Sie wollen nicht mehr für *andere* arbeiten müssen, sondern nur für sich selber oder freiwillig für die Gruppe etwas tun.

6.1 Der Sieg des Guten über das Böse

Aufgrund der ausgestandenen Todesangst, die alle vier Tiere als Erfahrungshorizont miteinander verbindet, entsteht für sie ein neues Bewusstsein für den Wert des Lebens. Wer je in das Antlitz des Todes gesehen hat, weiß plötzlich, wie wichtig und wertvoll das Leben für ihn ist. Es erwacht ein neues Lebensgefühl und eine andere Beurteilung dessen, was er bisher erlebt hat. Dabei findet eine Relativierung und eine neue Gewichtung statt. Die bisherige Bindung der Tiere an ihre Eigner hat dazu geführt, dass sie mit dem Gnadenbrot gerechnet haben. Sie erlebten eine tiefe Enttäuschung, als es ihnen vorenthalten wurde. Ihre zu hohen Erwartungen erfüllten sich nicht. So erkannten sie ihre eigene Fehleinschätzung und mussten sich diesen Irrtum eingestehen. Bei vielen Menschen hätte diese Erkenntnis zu einer reinen Verzweiflung geführt, aber bei unseren Tierhelden führt sie zur Flucht in eine vollkommen ungewisse Zukunft. Dieser Mut, sich das Leben bewahren zu wollen, und ihre instinktive Zuversicht lassen sie den Schritt in ein neues Leben wagen. Sie resignieren nicht, verzweifeln auch nicht an sich selber, sondern glauben an ihre Überlebenschance.

Was alle vier Tiere so zusammenschmiedet, ist die große Hoffnung, dass sie einen neuen Anfang schaffen werden. Sie vertrauen ihrer Sehnsucht. Der unbewusste Glaube daran mobilisiert in ihnen neue Kräfte und lässt sie die Idee des Esels aufgreifen und annehmen. Auch wenn sie Bremen nie erreichen und sie ihr Ziel schon bald ändern, bleiben sie dabei, sich ihr Leben erhalten zu wollen. Diese Gemeinsamkeit stärkt ihre Handlungsfähigkeit, vereint sie als »Pyramide« und als Chor, bis sie die Räuber verjagt und deren Haus in Besitz genommen haben. Nun haben sie den nötigen Rahmen, eine neue Heimstatt und sind zugleich frei von allen Dienstleistungen den Menschen gegenüber.

Erst nachdem sich jedes Tier gemäß seiner Art gegenüber dem abgesandten Räuber behauptet und sich aus der Opferrolle befreit hat, ist es zu einem »Helden« geworden. Diese Meisterleistung bindet die Tiere noch stärker aneinander und lässt sie von nun an ganz sie selber sein. Dabei haben sie sich gegenseitig in besonderer Weise zu schätzen gelernt. Sie dürfen von nun an ihre tierische Wesenheit im Einklang mit ihrer Instinkt- und Triebwelt leben. Sie sind ein Teil der Kreatur und Natur. Obwohl sie den Schutz des Hauses genießen, bleiben sie im Wald, der für sie ein naturhaftes Umfeld darstellt.

Das Haus repräsentiert den Rest von der Berührung mit der Zivilisation und der Bezogenheit zum Menschen, die ihnen als domestizierte Tiere verbleibt. Davon sind sie geprägt worden. Ihr Leben in der neuen Umgebung entspricht ihrem Wesen. Damit finden sie zu ihrem Ursprung zurück, in dem sie nach ihrem Tod eines Tages aufgehen werden. Bis es soweit ist, leben die Tiere nun nach ihrem inneren Gesetz im Einklang mit der Natur. Sie finden zurück zu ihrer jeweiligen Eigenart und zu ihrer Bestimmung, und das ist es, was die Tierhelden uns auf symbolischer Ebene vor Augen führen wollen. Im Transfer heißt dies, dass wir uns darüber klarwerden sollen, was das Wesentliche unseres Menschseins ist: Wir haben die Aufgabe, unsere Anlagen und Fähigkeiten zu entfalten (Gleichnis von den Talenten in der Bibel), das Gute vom Bösen zu unterscheiden, die positiven Seiten unseres Wesens zu stärken und den Mut zur Ausbildung unserer eigenen Persönlichkeit aufzubringen. Daraus erwachsen ein gesundes Selbstwertgefühl und die Selbstannahme. Dazu gehört es, den eigenen Schatten wahrzunehmen, ihn zu akzeptieren und ihn letztlich zu integrieren. Das ist außerordentlich schwierig, weil wir für die eigenen Defizite und Schwächen meist nicht sehr zugänglich sind. Dennoch müssen wir lernen, auch dafür die Verantwortung zu übernehmen. Erst wenn uns das gelingt, beginnen wir, »wirklich« erwachsen zu werden. Das ist ein Prozess, der oft ein ganzes Leben lang anhält und nicht etwa bei der Volljährigkeit endet.

Die Tierhelden haben auf der Märchenebene die Konfrontation mit den Räubern erlebt, wir müssen diese mit dem räuberischen Schatten in uns selber aufnehmen. Das fällt uns deshalb so schwer, weil die räuberischen Anteile in uns selbst gewöhnlich nicht mit dem Bild oder der Vorstellung, die wir von uns haben, im Einklang stehen. Wir leugnen sie deshalb, weil wir diese aggressiven, destruktiven Aspekte oder verdrängten Anteile ablehnen. Stattdessen sollten wir sie zur Kenntnis nehmen, denn es handelt sich dabei um ein verdrängtes Potential, in dem viel Energie und Lebenskraft steckt. Wir sollten uns diese Kräfte erschließen, um wieder aktiver und lebendiger zu werden. Wenn es dem Menschen gelingt, sich diese Kräfte zugänglich zu machen, hat er eine viel größere Chance, eine integere Persönlichkeit zu werden. Manche depressive Verstimmung ließe sich auf diese Weise überwinden. Es geht um die Heil- und Ganzwerdung, nicht um die unerreichbare Vollkommenheit.

Auch die Tierhelden wirken am Ende des Märchens gesünder, vitaler und aktiver als zu Beginn, denn sie haben ganz konkret die Auseinandersetzung mit den Räubern vollzogen und auf diese Weise ihren eigenen Räuberschatten angenommen. Im Ein-Klang mit sich selbst und mit der Gruppe ist ihnen die Vertreibung der Räuber und die Reintegration ihrer ursprünglichen und natürlichen Aggression gelungen. Durch ihren aktiven Einsatz, die Kampfeskraft und den Überlebenswunsch und -willen haben sie zu ihrer natürlichen Lebensfreude zurückgefunden.

6.2 Stabilisierung der Gruppe durch den Erfolg

Durch das aktive Handeln im Gruppenverband haben sie ihre große Flexibilität bewiesen. Obwohl sie alt und gebrechlich waren, haben sie sich nicht entmutigt in ihr »unabwendbares« Schicksal gefügt, sondern für ihr Leben gekämpft. Durch den aktiven Einsatz haben sie den Zugang zu ihren vitalen Kräften wiedergefunden. Ihr Überlebenswunsch und -wille haben regelrecht zu einer Verjüngung geführt, alle depressiven Verstimmungen, die Mutlosigkeit, Schlappheit sind wie weggeblasen.

Stattdessen haben wir es am Ende des Märchens mit aktiven, lebensbejahenden Tierhelden zu tun, die zufrieden und getrost die letzte Lebensphase verbringen werden. Sie gehören als Einheit zusammen und fühlen sich in der Gruppe geborgen und stark. Sie entwickeln eine freundschaftliche Beziehung zueinander, die das einzelne Tier jedoch nicht einengt. Sie fühlen sich zusammengehörig. Trotzdem darf sich jedes Tier entsprechend seiner Individualität einrichten und über sich verfügen.

Ihre Kräfte werden durch das Miteinander potenziert und stabilisiert. Ein glücklicher Umstand für die Tiere ist es, dass sie nicht länger als Einzelkämpfer ihr Leben bestreiten müssen.

Wenn wir den Transfer von unseren Tierhelden auf den Menschen leisten, heißt dies, dass viele alte, hoch betagte Menschen oft deswegen am Leben verzweifeln, weil sie sich einsam fühlen und sie zu viel allein sind. Wenn sie sozial besser eingebunden wären, von anderen mitgetragen und verstanden würden, stünden ihnen mehr Lebensenergien zur Verfügung. Mitunter hilft bereits eine Selbsthilfegruppe viel. Wer noch mobil und aktiv ist, kann sich zum Beispiel in öffentlichen Einrichtungen engagieren. Menschen sind soziale Wesen, sie brauchen Mitmenschen, Mitstreiter, wenn möglich Lebenspartner, mit denen sie sich austauschen, auseinandersetzen, verbünden, ihr Leben planen, organisieren und gemeinsam bewältigen können. Sie wollen verstanden, akzeptiert und geachtet werden. Gegenseitige Hilfe bindet sie zusammen und erhält sie körperlich und seelisch gesund.

7. Ausblick – »Etwas Besseres als den Tod findest du überall«

Ein zentrales Thema dieses Märchens ist das Altwerden und die Konfrontation mit dem Sterben. Es umfasst die Lebensphase, die die Nahtstelle zwischen Leben und Tod beinhaltet. Wie lang diese Zeit für den einzelnen ist, kann keiner Prognose unterzogen werden. Das Altern vollzieht sich individuell und unterschiedlich schnell. Das chronologische Lebensalter stimmt nicht unbedingt mit dem biologischen überein.

Unsere vier Tierhelden sind alle dem Tod geweiht, weil sie alt sind, weil ihre Leistungsfähigkeit, ihre Kraft und Aktivität nachgelassen haben. Dagegen haben das Ruhebedürfnis und das Bedürfnis zu faulenzen und zu träumen zugenommen. Sie erschöpfen und verausgaben sich schneller und die Regenerationszeit verlängert sich. Einem solchen Veränderungsprozess sind Mensch und Tier gleichermaßen ausgesetzt, wenn sie alt werden. Deshalb lassen sich diese Beobachtungen ohne Weiteres von den Tieren auf die Menschen übertragen.

Das Altwerden steht in unserer Gesellschaft in keinem guten Ansehen. Im Extremfall geht es mit Altersdiskriminierung und Mobbing einher. Wer will schon freiwillig alt werden und all die Einschränkungen auf sich nehmen, die oft damit verbunden sind? Da ist von dem »sozialverträglichen Frühsterben« die Rede und von der ständig älter werdenden Gesellschaft. Die steigende Lebenserwartung könnte die Menschen freuen. Aber wie sollen sie im Alter versorgt werden? Wer will für ihre Renten und Krankenversorgung aufkommen?

Es ist unbestritten, dass alte Menschen häufiger und oft anhaltender krank oder gar bettlägerig und pflegebedürftig sind. Die geistigen, seelischen und körperlichen Behinderungen nehmen im Alter zu, die verschiedenen Hinfälligkeiten sind unübersehbar. Für manche alten Menschen erscheint das Leben nicht mehr lebenswert, wenn er zum Beipiel körperlich sehr stark behindert ist, ein Pflegefall geworden und auf die Apparatemedizin angewiesen ist. Wenn er unerträgliche Schmerzen erleidet oder zum Beipiel durch einen Schlaganfall sein Sprachvermögen verloren hat und er gelähmt ist, wenn er zunehmend dement wird oder schwerste Depressionen bekommt, dann kann er sein Leben nicht mehr selbst in die Hand nehmen. Manch einer setzt seinem Leben dann aus lauter Verzweiflung ein Ende. Beim Gedanken daran läuft uns ein Schauer über den Rücken, weil man ein solches Leben nicht haben möchte. Trotzdem wissen wir nicht, welchen Wert es dennoch für den Betroffenen haben mag. Wer vermag das zu beurteilen?

Aber nicht jeder, der ein hohes Lebensalter erreicht, erlebt es in einer solchen belastenden Form. Viele Menschen sind zwar im Alter in vielerlei Hinsicht eingeschränkt, zum Beispiel sehen sie nicht mehr so gut, hören nicht mehr wie in jungen Jahren, haben häufig irgendwelche Schmerzen oder Beschwerden – und leben trotz all dieser Belastungen relativ »gern«. Sie haben sich weitgehend mit allen diesen Unzulänglichkeiten abgefunden und stellen sich darauf ein. Zumindest geht es jenen alten Menschen seelisch besser, die sich mit manchen Alterserscheinungen arrangiert haben, als wenn sie sich stündlich bedauern, dass sie nicht mehr so gesund und so attraktiv wie früher sind und ihr Körper nicht von derselben Leistungsfähigkeit und optischen Makellosigkeit wie in jungen Jahren ist.

Für unsere Tierhelden spielt dieser optische Aspekt sicher keine Rolle. Sie bekommen keine Falten im Gesicht, ihr Fell oder ihre Federn werden auch kaum grau. Der Glanz kann allerdings nachlassen, aber vermutlich leiden sie nicht so sehr unter dem nachlassenden äußeren Erscheinungsbild, wohl aber unter der nachlassenden körperlichen Fitness, der fehlenden Beweglichkeit oder wenn zum Beipiel die Sinne nicht mehr so wach sind und sich ihr Reaktionsvermögen verlangsamt.

Macht es den Tieren eventuell weniger aus, alt zu werden, als den Menschen? Das ist schwer zu beantworten, weil wir nicht wissen, wie sich »alte« Tiere fühlen, ob sie unter dem Altsein leiden. Vermutlich gelingt es ihnen besser, ihr Leben einfach so anzunehmen, wie es ist. Möglicherweise fehlt es ihnen an Bewusstsein darum. Der Mensch ist sich hingegen immer bewusst, dass er Jahr um Jahr älter wird und seine Lebenszeit abnimmt. Die meisten Menschen würden vermutlich nicht »freiwillig« älter werden wollen, aber dagegen lässt sich nichts tun. Manchem Menschen ginge es vielleicht schon diesbezüglich besser, wenn er unnötige Eitelkeiten abbauen könnte.

Was ist es, was den Menschen diese Sorgen um das Alterwerden macht?

Zum einen sind es viele verschiedene Ängste, die damit einhergehen. Die Angst vor Krankheiten, vor Einsamkeit, vor dem Ausgegrenztsein, vor dem Unverstandensein – und natürlich die Angst vor dem Lebensende. Sich dem Tod zu nähern, ohne zu wissen, wohin dieser uns führt, ist ein zentrales Thema des Alters. Leider wird es von vielen Menschen tabuisiert. Wenn dies nicht geschieht, sondern wenn man bereit ist, sich auf Fragen nach dem Tod und dem Sterben einzulassen, dann verlieren sich manche Ängste ganz, die damit zusammenhängen, oder sie lassen nach. Dennoch bleibt der Tod ein Mysterium, das eher »erahnt« als wirklich verstanden wird. Wie wird es sein, wenn ich sterben muss? Gelingt es mir, die mir nahe stehenden Menschen loszulassen und von der Welt Abschied zu nehmen? Ist mit dem Tod wirklich alles zu Ende, oder handelt es sich dabei nur um den physischen Tod? Wie wird die Sterbestunde sein? Werde ich für all mein Tun zur Rechenschaft und zur Verantwortung gezogen? Wie steht es mit meinem Gewissen? Nach welchen Maßstäben werden meine Handlungen beurteilt und bemessen?

Wenn wir uns überhaupt mit den Vorstellungen von Tod und Sterben befassen, entsteht eine Fülle von Fragen. Aber es gibt kaum Antworten, meist können wir sie nur entsprechend unserer religiösen Zugehörigkeit finden. Obwohl viele Menschen sich vor dem Tod fürchten, gibt es dennoch Menschen, die gerne sterben »wollen«. Entweder sind es solche, die an einer unheilbaren Krankheit leiden, entsetzliche Schmerzen ertragen, voller Verzweiflung sind oder die aus anderen Gründen keinen Sinn mehr in ihrem Leben sehen, wenn sie zum Beipiel ihren liebsten Menschen verloren haben, überschuldet sind aufgrund von Verlusten oder Arbeitslosigkeit, wenn ihnen der Krieg alles, was ihnen wichtig war, genommen hat, wenn sie suchtkrank oder von einem sonstigen Schicksalsschlag aus der Bahn geworfen worden sind.

Alle diese und weitere Gründe müssen sich jedoch keineswegs nur auf alte Menschen beziehen, denn es gibt auch sehr viele junge Menschen, die keinen Ausweg mehr aus einer Situation wissen. Sie fühlen sich unverstanden, ungeliebt, alleingelassen, sind resigniert und sehen keine Perspektive mehr. Sie nehmen sich das Leben, obwohl sicher nicht alle von ihnen wirklich sterben »wollten«. Aber da niemand ihren Hilferuf rechtzeitig verstanden und bemerkt hat, haben sie sich zu diesem irreversiblen Schritt hinreißen lassen.

Unsere Tierhelden hingegen neigen ganz und gar nicht dazu. Sie kämpfen für den Erhalt ihres Lebens. Sie möchten es genießen, mehr Ruhe und Freiräume als bisher, mehr Zeit zum Träumen und zum Schlafen haben und vor allem frei sein von Fremdbestimmung. Ihre Triebgebundenheit macht es ihnen leichter, einfach nur leben zu wollen und ihre körperlichen Befindlichkeiten so zu akzeptieren, wie sie sind. Vermutlich leiden sie etwas weniger darunter, weil der Bewusstseinsgrad ein anderer als beim Menschen ist. Gerade deswegen sind sie uns möglicherweise überlegen. Sie geben uns ein Beispiel, wie man das Alter bestehen kann. Sie leben stets in der Gegenwart und blicken nicht ständig in die

Vergangenheit zurück. Vermutlich ziehen sie keine Vergleiche oder nur auf einer instinktiven Ebene. Sie machen sich keine Gedanken darum, wie lange die verbleibende Zukunft währen wird.

Ist denn das Altsein ein »schlimmes Schicksal«? Belastend in unserer Gesellschaft ist es, dass wir von den USA den Jugendkult übernommen haben. Jungsein wird automatisch mit »Schönsein«, »Gesundsein«, mit Kraft, Unternehmungslust und Freude gleichgesetzt. Wer möchte nicht den Schwung, die Risikofreude, die erotische Ausstrahlung und die jugendliche Elastizität eines jungen Menschen haben und behalten?

Aber auch ein junger Mensch wird mit jedem Jahr älter und entfernt sich von seiner eigenen Jugend. Die Zukunft verkürzt sich und die Vergangenheit wird länger. Wenn die Menschen älter werden, sehnen sie sich oft nach ihrer Jugend zurück. Sie erinnern sich an ihre erste große Liebe, an erotische Erlebnisse, an manches Abenteuer, an die Freiheiten, die sie genossen haben, aber auch an die ersten Erfolge in der Ausbildung, im Beruf, an die Hoffnungen, Wünsche und Illusionen, die sie vom Leben gehabt haben. Die Zukunft schien ihnen damals noch offen zu stehen. Bei ängstlichen Naturen mag dies allerdings auch Ängste ausgelöst haben. Normalerweise traut sich der junge Mensch viel zu, er nimmt wenig Rücksicht auf seine Leistungsgrenzen, zuweilen überschätzt er seine Möglichkeiten und reagiert mit Leichtsinn. Dann erteilt ihm das Leben eventuell eine Lektion und bringt ihn auf den Boden der Realität zurück. So lernt er seine Grenzen kennen und erwirbt sich ein bestimmtes Maß an Anpassung. Damit geht oft die Übernahme von Verantwortung in Familie und im Beruf einher. Die Freiheit wird dadurch geringer, und die Zahl der Lebensentwürfe reduziert sich. Das schmerzt viele Menschen und macht ihnen das Älterwerden bewusst. Wenn nicht mehr so viele Türen offenstehen, wird mancher Mensch depressiv, krank und verliert seine Einsatzfreude. Dies kann zur Folge haben, dass nicht mehr alles so wie früher gelingt, was wiederum am Selbstwertgefühl nagt. Die Zufriedenheit lässt nach, das Selbstvertrauen und die Zuversicht werden geringer, aber die Lebenserfahrungen nehmen zu.

Trotz all der Veränderungen *muss* das Altwerden nicht negativ sein. Es gibt schließlich auch die jung gebliebenen Alten. Die Lebenserwartung steigt hierzulande. In Zukunft wird sich die Zahl der Alten noch erhöhen. Das könnte eine erfreuliche Aussicht sein, weil viele Menschen gern lange leben möchten. Wie ließe sich das Altwerden konstruktiv gestalten? Unser Märchen will uns eine positive Antwort auf diese Frage vermitteln: Es geht um die Akzeptanz des Altwerdens, obwohl es mit einer Reihe von Einschränkungen verbunden ist. Wichtig sind die Selbstannahme und das Selbstwertgefühl. Selbst wenn die Leistungsfähigkeit nachlässt, kann der Mensch sich dennoch liebend annehmen. Wenn ihm dies gelingt, vermag er auch andere eher zu akzeptieren, zu lieben oder zu tolerieren. Wer liebt, bleibt innerlich flexibel und lebendig, weil die Gefühle keinem Gleichmaß unterliegen. Wer anderen Zuwendung und Zuneigung schenkt, erfährt meist auch welche. Wer eingebunden ist in ein Beziehungsgeflecht, fühlt sich geborgen, mitgetragen und wertvoll. Für ihn gibt es keine Einsamkeit, höchstens mal ein kurzfristiges – oder gewolltes – Alleinsein, um sich sammeln und regenerieren zu können. Die Wechselwirkung von menschlichen Beziehungen, der Austausch von Gedanken und Gefühlen, haben eine lebenserhaltende und sogar verjüngende Wirkung. Sie erhöhen die Lebensqualität. Dies ist ein Sinn erfüllender Aspekt, der die Gesundheit günstig beeinflusst. Wichtig ist es auch, sich das wache Interesse an vielem zu erhalten, neugierig und offen zu sein, weil der Mensch dann in einer Beziehung zu seinem Umfeld, zu der ihn umgebenden Natur und zu den sachlichen Gegebenheiten steht. Auch darin liegt ein Stück Lebendigkeit.

Die vielen Lebenserfahrungen, die er in einem langen Leben erworben hat, kann er in vielerlei Hinsicht nutzen, indem er anderen hilft oder sie wachrüttelt, sie daran teilhaben lässt und vor manchem Unglück bewahrt. Auch vor eigenen Fehlentscheidungen können die Erfahrungen einen schützen, allerdings nicht in jedem Fall.

Wenn es einem alten Menschen gelingt, sich seine geistige Regsamkeit und seine lebendigen Gefühle zu erhalten, sein Wissen zu mehren und weiterzugeben und sogar Weisheit zu erlangen, von der andere profitieren können, dann hat er ein hohes Maß an Lebenssinn erlangt.

Natürlich besteht überall im Laufe des Lebens die Gefahr der psychischen Blockierung, der Fixierung, des Sich-Festfahrens. Wer Veränderungen hartnäckig ablehnt, sich weigert, Fremdem zu begegnen und sich auf Neues einzulassen, wer nicht zum Umdenken bereit ist und sich immer wieder schnell festlegt oder gar apathisch wird, der wird ein verbohrter (alter) Mensch sein, der abgelehnt, gemieden oder einfach nicht mehr beachtet und geachtet wird. Ähnlich ergeht es dem, der ewig voller Selbstmitleid ist und alles beklagt, oder jemand, der die Schuld für die eigenen Irrtümer oder das Fehlverhalten anderer zuweist, ohne die erforderliche Verantwortung für sein Tun zu übernehmen. Dies wäre bei unseren Tierhelden ein denkbares Verhalten gewesen, nämlich ihr Schicksal zu beklagen.

Stattdessen zeigen uns unsere Märchenhelden, wie *sie* mit Lebensveränderungen umgehen, wie sie ihr Leben sozusagen »in die Hand« nehmen, wie jedes einzelne Tier und alle zusammen als Gruppe einen Neuanfang wagen. Sie haben keine Angst vor einer ungewissen Zukunft, sie schotten sich nicht gegen andere Ideen und Vorstellungen ab, sondern bleiben für alles Neue aufgeschlossen. Sie vertrauen auf das Füllhorn ihrer Lebenserfahrungen, die sie alle mit einbringen, die ihnen helfen werden, ihr zukünftiges Leben zu gestalten und zu bewältigen. Gleichzeitig sind sie neugierig darauf, etwas Ungewohntes auszuprobieren (Musik zu machen), ihre neue Umgebung kennenzulernen.

Vielleicht beginnt damit die »eigentliche« Weisheit des Alters, nämlich dass das Neue keine unüberwindlichen Ängste mehr auslöst, sondern die Fähigkeit des sinnvollen, koordinierten, bedachten Handelns hervorruft, das zielgerichtet, gemeinsam, mit Klugheit und mit Verantwortung geschieht. Dies steht wohl auch in einem Bezug zu übergeordneter Sinnerfüllung oder es entspricht einer tiefen inneren Überzeugung.

Dies alles wollen unsere Tierhelden, die stellvertretend für die Menschen handeln, uns vor Augen führen. Sie sind imstande, sich bis zum allerletzten Rest des Lebens zu entwickeln. Die Tiere haben in der letzten Lebensphase zu ihrer eigentlichen Bestimmung zurückgefunden, ein Leben in Freiheit und gemäß ihres Wesens zu führen. Dies vermittelt uns Lesern und Hörern dieses positive Gefühl am Ende des Märchens.

Wir haben gesehen, dass es für die Tierhelden eher nachteilig gewesen wäre, wenn sie tatsächlich bis nach Bremen gegangen wären. Als Repräsentanten der Instinkt- und Triebwelt gehören sie zur Kreatur. Im natürlichen Umfeld des Waldes können sie artgerecht leben und werden im Einklang mit der Natur ausgeglichen und zufrieden sein.

Obwohl die Tiere die Stadt Bremen nie erreicht haben, hat man ihnen dort ein Denkmal gesetzt. Vielleicht wollen die Bremer auf diese Weise ihre Absicht honorieren. Zugleich ist darin eine würdige Anerkennung zu sehen, nämlich dass die Tiere sich nicht einfach der Übermacht der Tiereigner unterwerfen wollten, sondern diese Herausforderung angenommen haben, um von nun an ihr Leben frei bestimmen zu können. Am Ende des Lebens die Fäden allein in die Hand zu nehmen, um die eigenen Vorstellungen, Wünsche und Bedürfnisse umzusetzen, das ist eine hervorragende Lebensleistung.

Noch nie hat unsere Gesellschaft eine so hohe Lebenserwartung gehabt. Insofern ist es hilfreich, auf Märchenebene ein positives Beispiel für die Lebensgestaltung im vorgerückten Alter vor Augen geführt zu bekommen.

Ingmar Bergmann sagt:

»Altwerden ist wie auf einen Berg zu steigen. Je höher man kommt, desto mehr Kräfte sind verbraucht, aber umso weiter sieht man.«

8. Nachwort zu den »Bremer Stadtmusikanten«

Was nicht im Märchen steht, aber nach allem, was wir über die vier Titelhelden gehört und gelesen haben, liegt das Folgende nahe: Die vier Tiere haben sich in ihrem »Räuberhaus« eingerichtet. Sie benötigten eine gewisse Zeit, um sich vom Stress und den schicksalhaften Herausforderungen zu erholen. Allmählich beruhigten sich ihre Nerven, sie begannen sich zu entspannen und zu begreifen, dass sie von nun an nur noch sich selber gegenüber und ihrer Lebensgemeinschaft verpflichtet waren. Jeder sorgte für sich selber, aber wenn es ihnen ein Bedürfnis war, machten sie an langen Abenden ihre »tierische Musik« und erinnerten sich mit großem Vergnügen daran, wie diese auf die Räuber gewirkt hatte.

Es dauerte nicht lange, da hatten sie sich alle an ihr neues, befriedigendes Leben gewöhnt. Manchmal erzählten sie sich die merkwürdigsten Geschichten von früher, vor allem, was sie alles mit ihren Tierhaltern erlebt hatten. Aber allmählich verblassten diese Eindrücke.

Sie trauerten ihrem früheren Leben keine Sekunde nach. Die vier Tiere genossen allesamt ihren fröhlichen, unbeschwerten Umgang miteinander – und diese Tatsache kam geradezu einer Verjüngung gleich. Die Katze jagte nur nach Mäusen, wenn sie Hunger hatte – und nicht, weil ihre Herrin ihr im Nacken saß, dass sie ihr Soll zu erfüllen hätte. Eine Maus, die sie aus einem echten Hungergefühl fing, schmeckte ihr viel herzhafter, als wenn sie sie aus der Notwendigkeit der Pflichterfüllung gefangen hätte.

Der alte Hund durfte soviel schlafen, wie er wollte. Auch er ging nur zur Jagd, wenn er großen Appetit hatte. Der Esel graste überall, wo sich eine Wiese im Waldgelände fand, und der Hahn genoss es, auf dem Misthaufen hinter »ihrem« Haus zu scharren. Er kündigte pünktlich jeden neuen Tag an, damit alle anderen Bescheid wussten, was die Stunde geschlagen hatte.

Während sie ihr vergnügtes, unbeschwertes Leben genossen, hatte sich die Geschichte von den »Bremer Stadtmusikanten« in der ganzen Umgebung herumgesprochen. Es ging wie ein Lauffeuer durch die norddeutschen Lande. So blieb auch den Bremern dieses Ereignis nicht unbekannt. Sie fühlten sich durch die ursprüngliche Absicht der Tiere außerordentlich geehrt, und deshalb beschlossen sie im Bremer Senat, ihnen dafür ein Denkmal zu setzen. Als ein Künstler verschiedene Entwürfe dafür fertig gestellt hatte und die Gelder eingebracht waren, setzte man den Termin für die Einweihung des Denkmals fest. Ein Senator hatte die kluge Idee, die »Bremer Stadtmusikanten« zur Einweihungsfeier einzuladen. Man gab den Tieren Bescheid, und sie nahmen diese Einladung mit Freude an, zumal man ihnen anbot, per Schiff die Weser abwärts fahren zu dürfen. Zu Fuß wäre den Alten der weite Weg zu beschwerlich geworden. Also holte man sie rechtzeitig ab und beging mit den Senatoren und vielen Bremer Bürgern diese Denkmaleinweihung.

Wer von den Tieren hätte geahnt, nun doch einmal im Leben nach Bremen zu kommen? Sie gaben allen Gästen und Ehrengästen eine Probe von ihrer Kunst: Sie stellten sich zu einer Pyramide auf und machten ihre Musik. Dafür ernteten sie riesigen Applaus. Zur Belohnung erhielten sie einige Leckerbissen und Proviant für die Rückfahrt. Nach der Veranstaltung wurden sie »ordnungsgemäß« wieder zu ihrem Räuberhaus transportiert. Aber über eins waren sich alle vier Tiere einig: Dies war ein Höhepunkt in ihrem Leben. Sie hätten es sich nie träumen lassen, soviel Ruhm und Ehre zu erlangen!

Dieses Denkmal steht als Symbol und Mahnmal für das an Tieren begangene Unrecht und zugleich für den Mut der Tiere, sich davon befreit zu haben.

Literaturverzeichnis

Ernst Aeppli, »Persönlichkeit«,
Rentsch Verlag, Erlenbach 1975

Helmut Barz, »Blaubart«
Kreuz Verlag, Zürich 1996

Margot Benary-Isbert, »Das Abenteuer des Alterns«
Knecht Verlag, Frankfurt/M. 1972

Bruno Bettelheim, »Kinder brauchen Märchen«
dtv, Deutscher Taschenbuch Verlag GmbH & Co. KG,
München, 1983

Sibylle Birkhäuser-Oeri, »Die Mutter im Märchen«
Bonz Verlag, Waiblingen 1993

Jean Shinoda Bolen, »Göttinnen in jeder Frau«
Wilhelm Heyne Verlag, München 1986

Dies., »Das Tao der Psychologie«,
Heyne Sphinx, München 1998

Felix von Bonin, »Kleines Handlexikon der Märchensymbolik«
Kreuz Verlag GmbH & Co. KG, Stuttgart 2001

Cicero, »Cato maior de senectute«, – Cato der Ältere über das
Alter – dtv GmbH & Co. KG, München 1982

Rüdiger Dahlke, »Das Schattenprinzip«
Goldmann Arkana in der Verlagsgruppe Random House GmbH,
München 2010

Alice Dassel, Märcheninterpretationen zu »Allerleirauh« und zu »Einäuglein, Zweiäuglein, Dreiäuglein« Schneider Verlag Hohengehren GmbH, Baltmannsweiler 2005

Dies., Märcheninterpretation zu „Der gestiefelte Kater" Schneider Verlag Hohengehren GmbH, Baltmannsweiler 2007

Hans Dieckmann, »Märchen und Symbole« Bonz Verlag, Stuttgart 1977

Friedrich Doucet, »Traum und Traumdeutung«, Heyne Verlag, München 1973

Eugen Drewermann, »Lieb Schwesterlein, laß' mich herein« dtv, München 1996

Marie-Louise von Franz, »Erlösungsmotive im Märchen« Kösel Verlag, München 1997

Dies., »Die Erlösung des Weiblichen im Manne«, Walter Verlag, Düsseldorf 1997

Dies., »Archetypische Dimensionen der Seele«, Daimon Verlag, Einsiedeln (Schweiz) 1994

Dies., »Der Schatten und das Böse im Märchen«, Kösel Verlag, München 1985

Arno Geiger, »Der alte König in seinem Exil« Hanser Verlag, München 2011

Gerald Hüther, »Die Macht der inneren Bilder« Vandenhoek & Ruprecht GmbH & Co. KG, Göttingen 2008

Josef Imbach »Das Eselein«, Benziger Verlag, Zürich und Düsseldorf 1999

Hans Jellouschek, »Der Froschkönig« Kreuz Verlag, Zürich 1995

Ders., »Die Froschprinzessin«
Kreuz Verlag, Zürich 1996

Tilman Jens, »Demenz«
Güterloher Verlagshaus, Gütersloh 2009

C. G. Jung, »Der Mensch und seine Symbole«,
Walter Verlag, Olten und Freiburg 1980

Verena Kast, »Liebe im Märchen«
Walter Verlag, Olten 1992

Dies., »Familienkonflikte im Märchen«
Walter Verlag, Olten und Freiburg i.B. 1986

Dies., »Sich wandeln und sich neu entdecken«
Herder Spektrum, Freiburg 1996

Dies., »Die Dynamik der Symbole«
dtv, München 1996

Nora und Bertram Kircher, »... und sie machten sich auf den
Weg nach Bremen«
Schünemann Verlag, Bremen 1990

Max Lüthi, »Märchen«
Sammlung Metzler, Bd. 16, Stuttgart 1979

Lutz Müller, »Des Kaisers neue Kleider«
Kreuz Verlag, Zürich 1995

Ders., »Das tapfere Schneiderlein«
Kreuz Verlag, Zürich 1995

Rudolf Müller, »Jorinde und Joringel«
Kreuz Verlag, Zürich 1992

Erich Neumann, »Amor und Psyche«,
Insel Verlag, Frankfurt 1995

Ders., »Die große Mutter«
Walter Verlag, Zürich u. Düsseldorf 1997

Helmut Remmler, »Der Königssohn, der sich vor nichts fürchtet«
Kreuz Verlag, Zürich 1992

Ingrid Riedel, »Frau Holle«
Kreuz Verlag, Zürich 1995

Dies., »Die weise Frau in Märchen und Mythen«,
dtv, München 1997

Dies., »Tabu im Märchen«
dialog & praxis, dtv, Walter Verlag, München 1996

Dies., »Die vier Elemente im Traum«
dialog & praxis, dtv, Walter Verlag, München 1997

»Tod und Wandel im Märchen«,
Erich Röth Verlag, Regensburg 1991, hrsg. von Ursula
Heindrichs

Fritz Riemann, »Grundformen der Angst«,
Reinhardt Verlag, München 1974

Hans Gerd Rötzer, »Märchen«
C. C. Buchner Verlag 1988

Walter Scherf, »Das Märchen-Lexikon«, 2 Bde.
C. H. Beck Verlag, München 1995

Frank Schirrmacher, »Das Methusalem-Komplott«
Blessing Verlag GmbH, München 2004

Fritz B. Simon, »Die Kunst, nicht zu lernen«,
Auer Verlag, Heidelberg 1997

Ortrud Stumpfe, »Die Symbolsprache der Märchen«,
Aschendorffsche Verlagsbuchhandlung, Münster 1992

Velma Wallis, »Zwei alte Frauen«,
Heyne Verlag, München 1999

Hildegunde Wöller, »Aschenputtel«
Kreuz Verlag, Zürich 1995

Lexikon der Symbole
Fourier Verlag, Wiesbaden 1980

Handbuch des Aberglaubens
3 Bde, Tosa Verlag, Wien 1996

Hehlmann, »Wörterbuch der Psychologie«
Kröner Verlag, Stuttgart 1965

»Kinder- und Hausmärchen«, gesammelt durch die
Brüder Grimm
Insel Taschenbuch 113, 2 Bde, N. G. Elwert Verlag
Marburg, 1979

Weitere Bücher von Alice Dassel

Märcheninterpretationen zu

»Allerleirauh«
und »Einäuglein, Zweiäuglein, Dreiäuglein«

Alice Dassel
Märchen-
interpretationen

Anhand der beiden Märchen »Allerleirauh« und »Einäuglein, Zweiäuglein,
Dreiäuglein« (Grimm) zeigt die Autorin,
wie sich Allerleirauh dem inzestuösen
Begehren ihres Vaters durch Flucht ent-
zieht und wie Zweiäuglein sich aus einer
pervertierten Familiennorm befreit.

In einer Zeit, in der geeignete Leitfigu-
ren, Vorbilder und Orientierungsmöglich-
keiten selten geworden sind, muss jeder
einzelne seine Persönlichkeitsbildung
selbst in die Hand nehmen. Dabei können uns Märchenhelden behilflich sein,
Erkenntnisse über das eigene Wesen,
über Lebens- und Sinnzusammenhänge zu gewinnen. Die Märchenfas-
zination aus der Kindheit führt uns direkt zu der Thematik oder Proble-
matik, die uns anrührt und mit der wir uns deshalb auseinandersetzen
sollten. Dort finden wir einen Schlüssel zu unserer Seele. Deshalb ist
die Beschäftigung mit Märchen ein Schritt hin zu mehr Bewusstwerdung,
zur besseren Akzeptanz unserer Stärken und Schwächen, d.h. zur Selbstannahme, und zu mehr Selbstverantwortung.

Dieses Buch will den Leser ermutigen, das eigene Wesen und die
eigene Individualität zu entwickeln. Wer zu sich selbst findet, findet auch
zu anderen.

www. maerchen-interpretationen.de

ISBN 3-89676-967-7   150 Seiten, Paperback   EUR 12,00

Der gestiefelte Kater
(Grimm)

Als einziges Erbe bleibt dem jüngsten Müllerssohn nur ein Kater. Aber der hat es in sich und erweist sich als Hoffnungsträger. Er befreit sich und seinen Herrn aus kleinen Verhältnissen.

Der gestiefelte Kater

Alice Dassel
Märchen-interpretation

Dank seiner intakten Instinkte, seiner hohen Intuition und seiner außerordentlichen Intelligenz durchbricht er die festgefügte Gesellschaftsordnung. Mit psychologischem Geschick beseitigt er den Zauberer und macht den Weg für sich und den Müllerssohn zu den höchsten Ämtern im Staat frei.

Die Märchenbotschaft lautet: Man kann sein Leben in die Hand nehmen und es zum Positiven verändern.

Wer keinen solchen Märchenkater zum Freund hat, vermag dennoch sein Leben als Chance zu begreifen.

Die verständliche Sprache und der klare Aufbau machen das Buch einer breiten Leserschaft zugänglich, es regt zum Nachdenken an.

www.maerchen-interpretationen.de

ISBN 978-3-8340-0232-7   140 Seiten, Paperback   EUR 12,00

Grimm's »Bärenhäuter«

Ein Soldat wird arbeitslos, weil der Krieg zu Ende ist. Er hat nichts anderes als das Kriegshandwerk gelernt und ist vollkommen überzählig. Ein soziales Netz, das ihn auffangen könnte, gibt es nicht. In seiner Ausweglosigkeit nimmt er das rettende Angebot an, mit dem Teufel einen Pakt zu schließen. So muss er es ertragen, sieben Jahre im Bärenfell herumzulaufen und kein Gebet zu sprechen.

Obwohl er nun über viel »Teufelsgeld« verfügt, gerät er an den Rand der Gesellschaft. Von den Menschen gemieden, vollzieht sich in seinem Innern eine Wandlung, die ihn von Grund auf verändert. Er entwickelt ein tiefes Mitgefühl für die Not der anderen und hilft ihnen aus ihrer Misere. Dabei erfährt er große Befriedigung und Sinnhaftigkeit. Ohne Schaden an seiner Seele genommen zu haben, besteht er den Pakt mit dem Teufel und findet auch noch die Frau fürs Leben.

Der klare Aufbau und die verständliche Sprache machen das Buch einer breiten Leserschaft zugänglich, es regt zum Nachdenken an.

www.maerchen-interpretationen.de

ISBN 3-8334-0718-2   136 Seiten, Paperback   EUR 8,00 SFR 12,00

In Vorbereitung: (Band 5)

Der Geist im Glas (Grimm)

Das tapfere Schneiderlein (Grimm)

Sterntaler (Grimm)

In den Märchen spiegeln sich all-gemeine menschliche Situationen und Schicksale wider. Deswegen kann sich jeder Mensch auf die eine oder andere Weise darin wiedererkennen. Sie haben etwas mit uns zu tun. Die jeweiligen Mär-chenhelden führen uns vor Augen, wie sie mit den Herausforderungen und Schwierigkeiten des Lebens umgehen und sie bewältigen. Sie liefern uns Beispiele und Vorbilder für unser Verhalten.

Otto Ubbelohde